En
de M
est le huit cent septième ouvrage
publié chez
VLB ÉDITEUR.

La collection « Roman »
est dirigée par Jean-Yves Soucy.

L'auteure a reçu du Conseil des Arts du Canada une bourse pour l'écriture de ce roman.

VLB éditeur bénéficie du soutien de la Société de développement des entreprises culturelles du Québec (SODEC) pour son programme d'édition.

Gouvernement du Québec – Programme de crédit d'impôt pour l'édition de livres – Gestion SODEC.

Nous reconnaissons l'aide financière du gouvernement du Canada par l'entremise du Programme d'aide au développement de l'industrie de l'édition (PADIÉ) pour nos activités d'édition.

Nous remercions le Conseil des Arts du Canada de l'aide accordée à notre programme de publication.

EMMA DES RUES

De la même auteure

Bienvenue dans mon cauchemar, Montréal, VLB éditeur, 1997.
Les héroïnes de Montréal, Montréal, VLB éditeur, 1999.
Lettres de prison, Montréal, VLB éditeur, 2002.
Des étoiles jumelles, Montréal, VLB éditeur, 2004.

Marie Gagnon

EMMA DES RUES

roman

vlb éditeur

VLB ÉDITEUR
Une division du groupe Ville-Marie Littérature
1010, rue de La Gauchetière Est
Montréal (Québec) H2L 2N5
Tél.: (514) 523-1182
Téléc.: (514) 282-7530
Courriel: vml@sogides.com

Maquette de la couverture: Nicole Morin
Photo de la couverture: © Canopy / Veer

Catalogage avant publication de Bibliothèque et Archives Canada

Gagnon, Marie, 1966-

Emma des rues

(Roman)

ISBN 2-89005-870-0

I. Titre.

PS8563.A329E46 2005 C843'.54 C2005-941409-X
PS9563.A329E46 2005

DISTRIBUTEURS EXCLUSIFS:

- Pour le Québec, le Canada et les États-Unis:
  LES MESSAGERIES ADP*
  955, rue Amherst
  Montréal (Québec) H2L 3K4
  Tél.: (514) 523-1182
  Téléc.: (514) 939-0406
  *Filiale de Sogides ltée

- Pour la France et la Belgique:
  Librairie du Québec / DNM
  30, rue Gay-Lussac
  75005 Paris
  Tél.: 01 43 54 49 02
  Téléc.: 01 43 54 39 15
  Courriel: liquebec@noos.fr
  Site Internet: www.quebec.libriszone.com

- Pour la Suisse:
  TRANSAT SA
  C.P. 3625, 1211 Genève 3
  Tél.: 022 342 77 40
  Téléc.: 022 343 46 46
  Courriel: transat-diff@slatkine.com

Dépôt légal: 4e trimestre 2005
Bibliothèque nationale du Québec
Bibliothèque nationale du Canada

ISBN 2-89005-870-0

À Jacqueline Arcand,
une amie et une aide précieuse
en temps d'orage comme en temps d'accalmie.

Et à Sabi, avec une pensée d'amour tendre.

1

À bout de souffle, Emma court, un sac plein à craquer serré contre elle. Serré aussi est son cœur.

Emma court. Elle cavale sous la toison des grands érables, passe de l'ombre au soleil, revient à l'ombre : clair... sombre... clair... sombre... et le rythme de sa course s'accorde aux changements de lumière. Le sac résiste aux secousses ; le plastique des poignées reste ferme malgré la lourdeur du contenu. Un sac de la Société des alcools, solide, opaque, bien choisi pour l'opération.

Un coup d'œil par-dessus l'épaule : enfin, Emma a semé son poursuivant !

Une ruelle se présente, asile des malfrats, des solitaires et autres marginaux. Emma s'y faufile ; s'éteint le bruit de la ville. Elle est chez elle. Un chien aboie, brise le silence ; côté ombre, Emma s'assoit par terre pour reprendre son souffle.

Elle l'a échappé belle, mais on finira bien par l'attraper un jour. Elle le sait. Comme elle se sait à présent trop fatiguée, trop malade, pour exercer ce métier. Arrêter ? L'héroïne coûte cher, son corps ne peut plus s'en passer. Le priver de sa dose quotidienne serait le condamner à mourir. En ce moment même, sa carcasse tremble d'un besoin inassouvi et par tous ses pores réclame le remède-poison. C'est pourquoi, malgré l'épuisement et la chaleur suffocante d'une fin d'après-midi de juillet, Emma ne s'accorde que de brèves secondes de repos. Elle se remet à courir.

Encore quelques rues, puis elle débouche sur Mont-Royal. Toujours en galopant, elle chipe au passage un cassot de fraises sur l'étalage extérieur de Chez Alfred, et entre Chez Flavius, libraire et receleur.

Un antre poussiéreux et sombre, l'indigence après l'exubérance de la rue.

Flavius, un petit rabougri à lunettes, s'occupe d'un client. Emma lui fait signe qu'elle l'attendra dans l'arrière-boutique : six enjambées, vu l'exiguïté des lieux. Elle dépose son sac sur une table, arpente fébrilement la pièce de long en large tout en avalant les fraises. Pour tromper l'attente, elle fait l'inventaire des lieux. Un fouillis. Des livres partout : dans des étagères, sur des tables, par terre. Elle reconnaît ceux qu'elle a fournis à ce qu'ils sont neufs. Comment le libraire peut-il se retrouver dans ce capharnaüm ? Pourtant, Flavius sait toujours très exactement où se tapit tel roman, où se terre tel essai.

Sur une table, au sommet d'une pile, un livre aux coins écornés attire son attention. C'est une biographie de Simone de Beauvoir, la même qu'elle a offerte à son amant Jean-Marie quelques jours avant sa mort. Il y a cinq ans déjà, mais la plaie reste ouverte, le deuil ne s'est pas fait. Elle feuillette l'ouvrage, va le glisser sous son chandail, hésite, le replace. Ses jambes flageolent, elle craint de s'évanouir. Une fois de plus, l'implacable vérité se rappelle à sa conscience : Jean-Marie est mort et jamais plus ils n'échangeront. Rien n'y fera, jamais elle n'oubliera.

Soudain, dans son dos, la voix du libraire, cassante, hautaine :

« Qu'est-ce que tu m'as apporté ? »

Elle sursaute, se retourne. Elle doit s'appuyer sur une table pour ne pas tomber. S'est-il même aperçu du trouble de sa pourvoyeuse ? Sûrement pas. L'homme d'affaires n'a pas de temps à perdre. Il a déjà extrait les livres du sac pour en faire deux piles. Emma crispe les poings, surmonte son désarroi. Il lui faut encore se battre… elle ne se laissera pas faire. Il ne l'exploitera pas comme la dernière fois.

Flavius a fini d'ériger ses piles. Il lui montre celle de gauche, moins du tiers du butin.

« Ce n'est pas tout à fait ce que je t'ai commandé… Enfin, je les prends pour quarante dollars. »

Naturellement, il a choisi les ouvrages chers, rares, donc difficiles à voler, mais qui se vendent bien au rabais.

« Les autres ?

– Tu peux les vendre ailleurs. »

Elle ne le peut pas, il le sait très bien, parce qu'elle est en manque de drogue, donc pressée. Comme d'habitude, il se trouve en situation avantageuse, ce qui lui permettra d'offrir un prix dérisoire pour tout le lot. Emma le voit venir et avance fermement :

« Tous les livres que tu m'as commandés sont là. Dans des éditions différentes peut-être, mais tous les bons titres sont là. N'oublie pas qu'hier tu as promis de tout me prendre aujourd'hui et au tiers du prix du neuf. »

Flavius s'approche, sentencieux. Il brandit un index.

« Écoute-moi bien, Emma. Je ne suis pas obligé d'acheter les livres d'une voleuse. Si je prends tout le contenu de ton sac, ce sera cinquante dollars ou tu repars avec. »

Un ange passe.

Une fois de plus, Emma capitule, abdique toute dignité. La main tremblante, elle reçoit l'aumône, sous le regard méprisant d'un libraire qui a oublié qu'il est aussi receleur.

Elle sort, piégée à nouveau ; le soleil l'écrase. Emma l'enchaînée, à qui on vient de donner une autre preuve de son impuissance. Des larmes lui brûlent les joues. Que vaut la vie sans la force et la dignité ?

Passe un couple. Ils sont jeunes. Le garçon caresse la joue de sa compagne, celle-ci sourit à Emma. Un enfant court, bouscule l'amoureuse au passage. La fille éclate d'un rire frais. Alfred est sorti de son épicerie, une cigarette plantée entre des lèvres aussi rouges que les fraises de son étalage. Il a l'air bienheureux. Il s'entretient avec son voisin du dessus qui, assis sur la première marche de son escalier, prend l'air et le pouls de la ville. Il rit et parle avec animation, le voisin. Il est heureux, le voisin, pour l'instant du moins. La vie ! Pour Emma, la vie, c'est le pécule que vient de lui remettre Flavius : une vie artificielle et à venir.

Dans cette rue rieuse, Emma est une incongruité ; un cafard dans un palais de Westmount... Ah !... Faire sauter à la dynamite toute cette joie de vivre ! Réduire en miettes rires et bonne humeur ! Ne plus se sentir aussi peu avenante qu'une tache de vin sur une blouse blanche.

Comme un défi lancé... elle ne sait trop à qui ou à quoi, Emma voudrait jeter le cassot de fraises vide sur le sol, juste à côté de la poubelle. Elle le dépose pourtant sagement dans la gueule de bois conçue à cet effet et ravale son trop-plein de révolte. Ses malheurs, elle les a en quelque sorte créés, elle ne peut en vouloir au reste du monde.

Il y a un stand de taxis tout près, deux coins de rue à peine. Emma s'y dirige, s'apprête à monter dans le premier puis se retient. Ne ferait-elle pas mieux de marcher jusqu'à l'appartement ? Cinquante dollars, c'est deux points et demi d'héro, de quoi tenir jusqu'au lendemain ; prendre un taxi, c'est se rapprocher des affres du manque et ne pouvoir tenir la forme lors de la prochaine razzia. D'un autre côté, il y a Jos qui l'attend à l'appartement, Jos le pusher. Marcher, c'est parier sur sa patience. Enfin, Emma décide de monter dans le taxi. Ce qui manquera pour payer les deux points et demi, elle espère que Jos aura la bonté de le lui avancer.

Elle descend du taxi rue Laurier près de De Lanaudière, après un merci au chauffeur qui démarre sec. Il aurait préféré un pourboire.

L'immeuble a quatre étages. Pas d'ascenseur et ils crèchent au dernier. Emma renverse la tête. Pour bien mesurer la tâche à accomplir, elle ramène vers l'arrière ses longs cheveux graisseux qui lui tombaient sur les yeux. Quarante-cinq marches, aujourd'hui aussi pénibles à gravir que la centaine de l'escalier de l'oratoire Saint-Joseph monté à genoux au temps où, toute jeune, elle désirait devenir missionnaire. Et au fond, n'est-ce pas ce qu'elle est devenue, une missionnaire ? S'occuper d'un psychotique, n'est-ce pas faire œuvre de missionnaire ? Pourquoi s'entiche-t-elle toujours de malades, de blessés du cerveau ou du cœur, de ceux qui guerroient, souvent par humanité, contre la société ? « Tu ramasses les chiens et les chats perdus», lui disait sa mère lorsqu'elle ramenait de l'école un paria, un *intouchable*, un petit aux yeux doux et troubles que l'on qualifie «d'enfant à problèmes». Emma commence à se rendre compte qu'elle ressemble aux parias. C'est pourquoi elle se sent si bien avec eux. Parfois, elle aimerait posséder une brosse à cuvette miniature pour se décrasser les neurones et ne plus être une «fille à problèmes».

Emma a atteint le deuxième palier. Elle prend une pause, histoire de rassembler ce qui lui reste d'énergie. Elle en est réduite à *fronter*, ainsi qu'on appelle dans le Milieu le fait d'emprunter de la drogue. Elle doit convaincre Jos de lui prêter un demi-point de smack – le coût du taxi. Et puis… dans quel état trouvera-t-elle Serge?

Leur piaule se situe au bout du couloir, face à l'escalier. Un long corridor… une enfilade de portes. La lumière vient de la cage de l'escalier. Plus Emma avance, plus c'est sombre. On dirait un secteur de la prison Tanguay où elle a fait quelques courts séjours ces dernières années: pas plus large, guère plus propre. Le corridor donne accès à des réduits minuscules, véritables cellules.

Derrière leur porte, un bruit de voix. Soulagement: Jos est toujours là. Elle saisit même qu'on parle d'argent, tant l'insonorisation fait défaut. Dans ce building, on entend les voisins se brosser les dents.

Serge et Jos sont attablés dans l'unique pièce du logement, si on exclut la petite salle de bain, un luxe que leur dernier gîte n'offrait qu'au bout du couloir de l'étage.

«Bonjour!»

Les deux hommes lèvent à peine la tête, absorbés par le chiffre inscrit sur le rabat d'un paquet de cigarettes.

Emma s'en doutait bien : Serge a profité de son absence pour taper son ami d'un montant qu'elle espère peu élevé, leur dette envers lui l'étant déjà assez, car elle pense toujours fronter un demi-point d'héroïne à Jos.

Serge ne pourrait-il pas se contenter de sa méthadone ? L'expérience aurait dû lui apprendre que la cocaïne ne lui convient pas, vraiment pas du tout. Jos le sait aussi, mais comment faire entendre raison à qui ne peut plus raisonner ?

Le Jos d'à présent est bien différent de l'intervenant replet et suffisant du centre de thérapie Nuit et Jour. La graisse a fondu. Une crinière à épis qui s'épivardent remplace les cheveux plaqués vers l'arrière et lissés le long des oreilles ; des jeans et un blouson sales, la stricte tenue de l'époque. Le regard est rêveur maintenant, l'attitude plus amène. Jos a fini par surmonter sa peine d'amour. Il ne regrette plus Diane, l'infernale directrice de Nuit et Jour. C'est Tatou qu'il aime maintenant. Tatou, héroïnomane comme lui. Ils partagent un loft confortable non loin de chez Serge et Emma, une aisance que Jos doit à son rentable trafic de stupéfiants.

Car Jos n'est pas n'importe quel pusher. C'est un trafiquant qui, au sommet de l'échelle hiérarchique des dealers, reçoit l'héroïne de première main, la coupe, la vend à plus petit que lui qui la recoupe, la revend… Ainsi la came dégringole-t-elle l'échelle sociale du Milieu jusqu'au petit pusher de la rue.

Jos conserve une part de smack pour revente à des amis sûrs et pour sa consommation personnelle qui n'a pas cessé bien que, à l'instar de Serge, il reçoive sa dose régulière de méthadone. Pour cela, il doit se présenter chaque matin à la pharmacie Pharmaprix, coin de

Saint-Laurent et de Mont-Royal, pour consommation sur place.

Serge, lui, ne prend plus que rarement de l'héroïne. Méthadone et coke, voilà ce qu'il s'envoie maintenant.

Emma pose sa main sur l'épaule de Jos. Elle ne perd pas de temps en préambule.

« J'ai eu une dure journée, Jos. Je n'ai que quarante-trois dollars. Peux-tu m'en donner pour cinquante ? Demain, j'essaierai de te rembourser au moins trente dollars de ce que l'on te doit, Serge et moi. »

L'hirsute grommelle quelques phrases dont on retient qu'il a attendu Emma plus d'une heure pour des pinottes, que Tatou a besoin de lui, qu'il n'est pas une banque, qu'il sait que Serge et elle sont recherchés par la police et qu'on finira bien par les arrêter, ce qui ne saurait tarder… et qui, mon Dieu, le remboursera alors ? Emma peut-elle le lui dire ?

Mais, bon gars quand même, il ouvre une enveloppe et verse deux points et demi d'héro sur la table. La partie est gagnée. Décidément, la vie de couple relativement heureuse de Jos le rend plus coulant. Pourvu que ça dure !

Alors qu'Emma se prépare une injection, Serge lui annonce que Jos va le conduire en voiture au petit bar du coin, là où on vend ce qu'il ne vend pas : de la cocaïne. Il compte rentrer à pied. « Je reviens tout de suite », lance-t-il avant de sortir sur les talons de Jos. Il a hâte de s'injecter, Emma le sait bien. En ce qui la concerne, il pourrait prendre tout son temps.

À peine s'est-elle soulagée de son manque, à peine a-t-elle eu le temps de s'allonger sur le mince matelas posé à même le sol, près de la table au point de la frôler, qu'Emma entend les pas de Serge sur le palier. Le voilà déjà qui revient et, déjà, la jeune femme angoisse.

Serge a obtenu ce qu'il voulait, elle le voit à son maintien. Il ne regarde pas le plancher comme à son habitude, il se tient plus droit. Par contre, son visage demeure impassible. Mais l'a-t-elle déjà vu sourire ?

Sans perdre une minute, fébrile, Serge prépare la potion qui va le soulager de son mal de vivre. Emma songe que si c'était de l'héroïne, on dirait que Serge « revient de chez son docteur ». Mais l'expression n'est pas utilisée par les consommateurs de coke, car trop lénifiant pour les adeptes d'une drogue qui pousse à l'agressivité plutôt qu'à l'indolence, ce qui est le cas de l'héroïne…

« À qui parles-tu ? »

Ce qu'elle appréhendait arrive. Serge se tient tout près d'elle, le regard affolé. Le ton était accusateur. Elle remballe sa panique montante.

« J'parle à personne, Serge, calme-toi s'il te plaît. Tu fais encore un mauvais trip. »

Serge se tient encore plus raide que tout à l'heure. Une rigidité de l'esprit qui se répercute sur tout le corps. Il se bouche les oreilles, mais Emma poursuit quand même :

« Tu ne peux plus t'injecter de la coke, tu l'sais ; tes crises sont de plus en plus fréquentes… Et tu ne prends plus tes médicaments. »

La bouche convulsée par la rage, le corps tordu par un démon intérieur, Serge tâte la couche autour de sa compagne.

« Avec qui complotes-tu ? Je viens de l'entendre te parler.

– Qui ça ?

– Ton complice… celui avec qui tu complotes contre moi…

– Ça suffit, Serge ! Écoute-moi ! Tu veux un peu de smack ? Ça va te calmer. Si tu veux continuer à te droguer, fais-le avec de l'héroïne, c'est moins grave pour toi. Je ne comprends pas pourquoi tu t'obstines à prendre de la coke. Ça empire tes crises de paranoïa. »

En même temps, Emma s'en veut d'essayer une fois de plus de lui faire entendre raison. Ça ne marchera jamais. Elle tente pourtant de l'amadouer, pose la main sur son bras, mais Serge la repousse violemment. Sa rage s'accroît, il lui agrippe le cou. Les jambes d'Emma mollissent. Va-t-il la tuer ? Souvent, une grande peur permet de se découvrir une force insoupçonnée. Emma réussit à se dégager et court s'enfermer dans la salle de bain.

Elle est atteinte jusqu'au tréfonds. Les mains sur l'évier, les nerfs à vif, les sens aiguisés par le danger et la compassion, elle entend son compagnon délirer : cris, menaces, obscénités puisées dans le dictionnaire du Diable. Rien d'autre à faire que d'attendre la fin de l'orage, la fin de la folie. Elle vérifie que le smack est toujours dans la poche de son jean. Un instant, elle regrette d'avoir laissé cuiller et seringue sur la table ; une seconde dose l'aurait calmée, même si elle aurait pâti du manque le lendemain.

Bang ! Emma reçoit la porte dans le dos. À peine a-t-elle eu le temps d'apercevoir les yeux fous de Serge dans le miroir qu'un poing lui frôle l'oreille, s'enfonce dans le mur. Elle se retourne mais… il n'est déjà plus là. Claque la porte d'entrée. Emma se précipite pour la verrouiller. La porte est solide et Serge en a depuis longtemps perdu la clef.

Elle s'est laissée glisser par terre. Le dos à la porte, elle tente de reprendre ses esprits. Ça ne peut plus continuer. Depuis cinq ans, depuis la mort de Prince, la jeune femme accroche sa solitude à celle de Serge, mais deux épaves ne feront jamais une bouée de sauvetage. Il a suffi de quelques semaines de vie commune pour lui révéler un jeune homme qui fuit la cruauté de la vie dans un univers meublé de visions hallucinatoires. Pourtant, au centre Nuit et Jour, il ne paraissait que timide, légèrement asocial, sans plus. S'il n'avait affiché que cette particularité, Emma et lui ne seraient peut-être pas ensemble, puisque ne gravitent autour d'elle qu'« originaux et détraqués ».

Avec Jean-Marie, c'était différent, tout à fait différent. Ils partageaient la même folie et avaient choisi de vivre en marge. Leur bohème était mission : refaire le monde sur papier, écrire à deux une œuvre titanesque. Tout, alors, tournait autour de la pensée et du discours. Parmi les livres qu'ils volaient, elle en gardait pour lecture et, chaque jour, elle chipait dans un kiosque du métro soit *Le Nouvel Observateur*, soit *Le Devoir*, soit *Le Monde*… et ils discutaient de certains articles durant des heures. S'ils se permettaient de critiquer la société, c'était qu'ils avaient les armes pour le faire. La drogue meublait leur vie, mais n'en était pas le but.

À présent, Emma ne lit plus, ne pense plus, ne sait plus. Si son univers a déjà été étroit, elle n'a aujourd'hui qu'à tendre le bras pour en toucher la limite. Et dans ce genre de vie, où le degré de souffrance n'est que nuance, Emma n'a pas su reconnaître le pire.

Certes, Serge est sensible et intelligent, mais il souffre d'un complexe d'infériorité vis-à-vis de l'ancien compagnon d'Emma. Sans le vouloir, par un langage parfois un peu trop élaboré, en rapportant trop souvent les propos de l'enseignant génial au bagout intarissable ; par une foule d'allusions involontaires à la force morale, au cœur d'airain de Jean-Marie, Emma rabaisse son compagnon d'à présent, lui fait sentir qu'il ne sera jamais à la hauteur. Lui le sait, mais c'est une blessure qu'il garde en lui comme dans une poubelle. Jamais il n'en a parlé à Emma qui, n'ignorant pas avoir souvent blessé Serge, se sent coupable et responsable de sa déréliction actuelle. D'ailleurs, elle se croit responsable de tout… et coupable, même de respirer.

Comment réparer ? Comment rétablir les ponts avec celui qui, chaque jour, se coupe davantage du monde réel ?

Il y a deux ans, la jeune femme a commencé à s'inquiéter des visions et de la paranoïa de son compagnon. Par Jos, elle a appris que Serge avait fait plusieurs séjours en clinique psychiatrique, même au cours de ses périodes de sobriété.

« Il n'y a rien à faire, et c'est pire quand il prend de la coke. Avec l'héro, ça va, il reste à peu près normal. Mais même clean, il a des crises. Anyway, laisse-le délirer, c'est tout. »

Et l'ancien intervenant de hausser les épaules, sans plus, comme s'il énonçait qu'il pleut certains jours et qu'on se doit alors de porter l'imperméable.

Emma, elle, ne se résignera pas. Elle s'est attachée à Serge. Elle l'aime. Ce n'est pas le grand amour comme ce le fut avec Jean-Marie, mais c'est tout de même très intense… et aussi très affligeant, car si le deuil de Prince lui fut cruel, sa relation avec Serge qu'elle ne peut vraiment atteindre lui est fort douloureuse.

Toujours appuyée contre la porte d'entrée, Emma secoue sa crinière, chasse ses pensées noires : d'ici une semaine, elle bénéficiera enfin, elle aussi, du programme de méthadone. Elle n'aura plus besoin de voler, pourra redonner de la lumière à sa bohème et prendre soin de Serge. Malgré son aversion pour les psys, elle ira jusqu'à les consulter, mais… elle ne quittera pas son compagnon ni ne baissera les bras.

Emma se redresse. D'un pas de boiteuse, elle se dirige vers la table où trône l'ustensile de cuisson. Au diable les bonnes résolutions !, elle a besoin d'un shoot. Au travers de l'unique fenêtre sale et sans rideau, elle voit le ciel à présent couvert, si bas qu'on dirait un édredon gris déposé sur le monde.

2

Chaque bouffée d'air importe au junkie, car il peut s'agir de sa dernière ; ainsi l'absence prolongée d'un compagnon d'infortune l'angoisse. Lui serait-il arrivé malheur ? Le reverra-t-il ?

Serge n'est pas revenu.

Les premières heures, Emma est soulagée ; comme lorsqu'on dépose un fardeau après l'avoir trop longtemps porté. Mais voilà que se pointe le petit matin et Serge n'est toujours pas là. Dans l'état où il se trouvait au moment de son départ précipité, le pire est à envisager.

Emma évoque un passé récent – six mois tout au plus ; de la prison Tanguay où elle purgeait une peine de quelques jours, des policiers l'ont conduite à la morgue, rue Parthenais, pour l'identification d'un corps.

C'est que personne n'avait revu Serge depuis l'arrestation d'Emma, pas même Jos qui, d'habitude, le croisait tous les jours. Plus inquiétant, le jeune homme n'allait plus chercher sa méthadone. Comment aurait-il pu survivre sans son remède ?

Sur les instances de Johanne, responsable du programme de méthadone dans la pharmacie où s'approvisionnait Serge, on avait entrepris des recherches. On avait découvert au carré Viger le corps d'un jeune homme qui, en gros, correspondait au signalement du disparu.

Emma et son escorte avaient patienté longtemps, rue Parthenais. La salle d'attente, étroite et basse de plafond, opprimait la poitrine. Et, lorsque la jeune femme avait été menée au dortoir des morts, son sentiment d'étouffement s'était accru jusqu'à la nausée.

On avait rabattu le drap. Les ongles enfoncés dans les paumes, le corps suant d'appréhension et de manque, Emma avait retenu son souffle.

Ce n'était pas Serge. Et, durant le trajet qui la ramenait de la morgue à Tanguay, la jeune femme avait pleuré de soulagement.

Trois jours plus tard, on la libérait. La porte franchie, Emma hésita : rejoindrait-elle le boulevard Henri-Bourassa ou piquerait-elle à travers le champ jusqu'à ce petit centre commercial où se nichait une librairie ? Sortie de taule au pire moment de son sevrage, elle devait avant tout s'occuper de sa crise de manque. Elle hésitait toujours lorsqu'un taxi emprunta l'allée qui menait à Tanguay.

Serge était dans le véhicule. Comment avait-il subsisté huit jours sans méthadone ? Comment avait-il su le jour et l'heure de la libération d'Emma ? Mystère. En tous les cas, et au grand bonheur de sa compagne, il cachait quatre bouteilles de vin sous sa veste de denim.

« J'savais que tu serais malade en sortant d'prison, Emma. On n'a plus qu'à aller les vendre pis acheter du smack. J'nous ai aussi trouvé un logement dans l'est de la ville…

– Où étais-tu ? J'étais morte d'inquiétude. Tu ne vas même plus chercher ta méthadone…

– Ils mettaient du poison dedans. Ils voulaient m'endormir… m'arrêter moi aussi… Tu vois pas qu'on a affaire à un complot d'État ? J'me suis pas laissé faire… Ils ont des espions partout… »

Du doigt il avait pointé le dos du chauffeur et murmuré : « C'est un espion lui aussi. Après avoir vendu les bouteilles au receleur, on continuera à pied. J'voudrais pas que Jos se fasse prendre à cause de notre imprudence… »

Pour ne plus voir l'étoile de folie dans les yeux de son compagnon, Emma avait fermé les siens. Serge devenait chaque jour plus instable. Surtout, ne pas lui parler de cette identification d'un corps à la morgue de la rue Parthenais, il y aurait trouvé matière à confirmer ses pires fantasmes.

Un tas d'autres fois les crises de Serge auraient pu avoir de graves conséquences. Par exemple, cette fameuse nuit de novembre où, en caleçon, il avait couru les rues de la métropole. Pourra-t-elle un jour l'oublier ? On l'avait retrouvé le matin suivant, avenue Van Horne, blotti sous un escalier de secours. Bleu de froid et, pourtant, brûlant de fièvre. Après un internement de dix jours à l'aile psychiatrique de l'hôpital Saint-Luc, on l'avait relâché dans Montréal.

Des souvenirs pénibles qui annoncent des heures d'angoisse. Où donc est Serge ? La poitrine d'Emma se gonfle de peines ravalées. Sur un bout de carton prélevé du paquet de cigarettes vide déjà privé de rabat, la jeune femme laisse un mot à l'intention de son compagnon. Peut-être reviendra-t-il durant la journée ? Comme il n'y a pas de crayon, Emma utilise le soufre brûlé d'une allumette :

« Attends-moi. Je reviens bientôt. Emma qui t'aime. » Elle place la note bien en vue sur la table et sort sans verrouiller la porte ; Serge doit pouvoir entrer chez lui.

Huit heures. La ville suffoque, sue par tous ses pores. Trottoirs et rues transpirent, l'air a la consistance d'un sirop. Levé depuis peu mais déjà fringant, le soleil s'amuse à cuire la nuque des passants. Sueur de chaleur et sueur de manque fusionnent : chaud mariage, passion torride. Leur progéniture coule sur les tempes d'Emma. Pour l'instant, elle tient le coup, un peu, le temps de retrouver Serge.

Elle farfouille dans ses poches, y dégotte une pièce de vingt-cinq cents. Il y a une cabine téléphonique juste au coin de la rue. Peut-être se terre-t-il chez Jos.

Un coup, deux coups… une voix endormie :

« Allô !

– Jos, c'est Emma. Excuse pour l'heure, mais Serge n'est pas entré hier soir. Est-il chez toi ?

– Sacrament ! Câlisse ! Qu'est-ce que tu veux qu'y vienne faire icitte ? Non ! Y'est pas là pis je l'ai pas vu. Tu l'sais qu'y est malade dan' tête. Y va faire sa crise pis y va revenir, c'est toute ! Là, j'veux dormir tranquille. »

Bang ! Jos vient de raccrocher.

Appuyée contre la paroi vitrée de la cabine, Emma fronce les sourcils, essuie son front mouillé. Où diable Serge peut-il donc être ? Soudain, son visage s'éclaire. Dans une bande dessinée, il serait surmonté d'une ampoule, car une idée lumineuse vient de germer dans sa tête. « Il ne peut rôder que dans ce coin-là », conclut-elle.

C'est l'heure de pointe, « l'heure des travaillants », disait la mère d'Emma. La station de métro Parc regorge de monde. Voler de quoi apaiser sa faim dans le dépanneur qu'abrite le métro serait un jeu d'enfant si, justement, il y avait là de quoi l'apaiser, cette faim. Des chips… de la gomme… rien de bien consistant. Emma doit pourtant manger. Les fraises volées hier, son estomac les a digérées dans le temps de le dire. Quelques fraises en deux jours ne satisfont pas un organisme par ailleurs fort sollicité. Jamais Jean-Marie n'aurait permis un tel laisser-aller. « La survie d'un junkie dépend d'une saine discipline alimentaire », serinait-il à tout bout de champ. Il lui arrachait et jetait les sacs de friandises qu'elle chipait. « Vaut mieux resquiller un bon repas que de piquer de la merde », décrétait-il.

Emma sort dans la lumière. Elle pose sur la rue et les gens un regard émerveillé. Le métro Parc est un tunnel qui ouvre sur le monde. C'est là que Serge a grandi, entre des copains italiens qui, plus tard, lui présenteront Jos, et des amis arabes qui, presque tous, tiennent à présent commerce dans Parc-Extension. C'est son quartier de prédilection, celui de son enfance, là où, au faîte de sa démence, il vadrouille en quête de sa raison perdue.

« Un foutu coin pour venir opérer », grommelle Emma chaque fois que son compagnon lui propose d'y venir travailler. « Mais moi, c'est là que j'veux aller voler », s'obstine-t-il, buté, attiré par le coin comme par un aimant.

Sûrement erre-t-il par ici aujourd'hui. S'il décide d'opérer, ce sera au supermarché Loblaws, à deux pas de la station de métro. Si près, en fait, qu'il l'habille de son ombre gigantesque.

Emma arpente les rues adjacentes. Tout en cherchant Serge, elle trouvera bien le moyen de dépouiller le premier dépanneur venu d'un sandwich et d'un berlingot de lait.

Il y a foule.

Les gens, on les dirait sortis du sol! Comme si la chaleur et le soleil faisaient pousser du monde sur les trottoirs! Des femmes et des hommes vêtus de burnous écarlates, de chemises fauves, de robes pastel. Tous avancent paresseusement entre les étalages déposés dehors par d'entreprenants commerçants. Nul solitaire. Badauds et marchands se connaissent, échangent sourires, embrassades et poignées de main.

Toute l'humanité grouille dans le coin... sauf Serge, qu'elle cherche en vain.

À l'angle de Jean-Talon et Parc se trouve un petit dépanneur. Emma décide de s'y ravitailler. Elle n'est pas très à l'aise; la plupart des commerçants du coin sont des immigrés qu'il est difficile de berner. Habitués à combattre pour survivre et à protéger leurs biens, ils ont l'œil perçant et un instinct qui leur fait deviner le chapardeur. Les Québécois de souche sont beaucoup plus crédules et confiants; ils ne voient rien venir.

Le commerce est petit, un antre plus qu'un magasin. Il y fait noir et on y gèle. Emma regrette d'être entrée. Un vrai bazar, des allées encombrées de sacs de jute, de cartons défoncés, de boîtes bosselées. Les tablettes regorgent de denrées les plus diverses, placées sans souci d'inventaire, et une odeur de poussière et de moisi colle à la gorge.

À l'arrivée d'Emma, un gros homme assis derrière la caisse sur un tabouret de bois délaisse le téléviseur accroché à un angle du plafond pour se tourner, peu amène, vers la visiteuse. Il a le visage large et les traits durs de ces Turcs nomades et guerriers qui peuplent les films d'époque. Les yeux sont petits, vifs, méfiants.

La jeune femme connaît ce type de vendeur ; pour les clients, l'homme accroche un sourire qui ressemble plus à une grimace de mépris qu'à un cordial accueil. Public, le lieu sent pourtant le privé, l'intime ; on y devine que la vie du propriétaire s'y écoule en entier et que le rideau du fond, qui sépare le magasin du logement familial, n'est que parure. L'acheteur de passage dérange et fait figure d'intrus ; il a un peu l'impression de violer l'intimité d'une famille.

Emma n'a aucune chance de réussir. Elle s'apprête à battre en retraite lorsque, de derrière le rideau, apparaît une frêle jeune femme avec un bébé dans les bras. Une tunique mauve, enjolivée de voiles jaunes et arachnéens qui ne laissent voir que des mains, des yeux noirs : une princesse orientale, une rani. Après un timide regard jeté à la cliente, la princesse énonce quelques mots en une langue étrangère où chaque syllabe rappelle la chaleur des déserts. Elle garde les yeux baissés. Le gros homme, probablement son époux, l'écoute avec attention.

C'est l'occasion rêvée. L'affamée en profite pour saisir un sandwich préemballé et le faire disparaître sous sa blouse. Comme le frigidaire est tout près, un berlingot de lait vient vite rejoindre le sandwich.

Malheureusement, un miroir surplombe la glacière. Le regard d'Emma y croise soudain celui du commerçant dont les traits ont pris l'âpreté des pierres ; il n'a pas cessé une seconde de faire sentinelle.

Main levée, il fonce sur Emma. Son épouse crie.

S'ensuit une mitraille de gifles qui assomment presque Emma. La jeune mère, elle, continue à crier, à supplier aussi pour que cesse le massacre. Mais l'autre continue de plus belle et tonne autant après sa femme qu'après la chapardeuse. Dans un mauvais français, il injurie cette dernière :

« Pas honte, Mademoiselle ? Pas honte ? Si j'étais père de toi, j'enfermerais des mois et battrais jusqu'à ce que plus jamais voler ! Pas honte ? »

Un dernier coup dans le dos pousse Emma sur le bord de la porte qu'elle s'empresse de franchir. L'homme ne la suit pas. Il hurle après sa femme maintenant et déverse sur elle une rage qui se répand jusque dans la rue : une femme n'a pas à critiquer les actes de son mari !

Emma estime s'en tirer à bon compte. Pour elle, une raclée vaut mieux qu'une arrestation. Et puis, une seule des gifles lui a fait vraiment mal, lorsque la bague de l'homme a touché le dessous de son œil. Emma a pris des risques et a reçu des coups. « C'est de bonne guerre », qu'elle se dit.

Amochée tout de même, Emma se faufile dans une ruelle pour retrouver son calme. L'endroit est sale, puant ; des déchets encombrent les arrière-cours. Elle s'assoit par terre, entre deux sacs poubelles éventrés. Elle a peine à garder ouvert son œil droit qui lui fait mal.

Il ne lui faut plus penser à la faim qui lui creuse le ventre ! Il lui faut même oublier Serge… pour le moment. Opérer sans tarder, avant que le bleu sous son œil ne devienne trop apparent et ne la rende suspecte, voilà l'obligation de l'heure. Elle se lève et prend la direction du Loblaws.

Parvenue devant la boîte à bouffe, Emma hésite. Voler de la viande ou quelque autre denrée ne rapporte guère. Les receleurs n'en paient que des pinottes. Mais les regards que jettent certains passants à son œil tuméfié l'incitent à agir sur-le-champ.

Et ça lui rappellera ses premiers vols en compagnie de Serge…

Serge, le spécialiste des magasins d'alimentation. Il les fréquentait pour ainsi dire tous. Aussi connu et brûlé dans son secteur d'activité qu'Emma dans ceux du livre, du disque compact et des alcools. Pas facile d'opérer, précédé d'une telle réputation.

Un jour, ils ont eu ce qu'ils croyaient être une idée de génie ; s'échanger leurs secteurs. Adresses et tactiques furent donc partagées. Les complices convinrent de se retrouver à seize heures devant le métro Jean-Talon.

C'est à ce moment que sonna le glas de leurs belles espérances. Aucun butin dans les mains de l'un ni de l'autre à l'heure du rendez-vous ; seulement une citation à comparaître en justice pour chacun. Ils s'étaient dévisagés, furieux. Comment l'AUTRE avait-il eu l'ineptie d'échouer dans un antre au trésor garanti ? « Plus facile que ça, tu meurs », s'étaient-ils lancé l'un à l'autre comme une balle, avant de passer à l'action.

Depuis, chacun est retourné à son secteur. Serge a gardé ses supermarchés, Emma, ses librairies. Pour le reste, ils ont compris qu'ils n'ont pas la gueule de l'emploi. Lorsqu'ils décident de voler de conserve, ils alternent les secteurs pour satisfaire aux besoins communs. Le Loblaws où s'engage maintenant Emma représente donc une exception justifiée par les circonstances.

Le supermarché ouvre sur un espace resto, où clients et travailleurs de l'endroit prennent leur pause. Ainsi la bête alimentaire arrache-t-elle le maximum d'argent à celui qui s'aventure dans son ventre. Emma se plaît à penser qu'elle est le seul être qui ressortira du monstre avec un profit en poche. Du moins l'espère-t-elle.

Il lui faut un certain temps pour repérer les comptoirs de filets mignons que Serge a pourtant si souvent dévastés en sa compagnie. Elle perd de précieuses minutes dans le labyrinthe des rangées alors que rapidité et précision sont les atouts premiers du voleur professionnel.

Un mauvais pressentiment l'assaille ; son instinct lui dicte de se retirer sans rien voler. Ne s'est-elle pas juré d'écouter désormais sa petite voix intérieure lorsque celle-ci conseille la prudence ? Cette petite voix qui ne s'est jamais trompée. Emma a toujours pressenti l'imminence d'une arrestation et pourtant a quand même toujours foncé, tête baissée. Même obstination aujourd'hui et, comme un pied de nez au destin qu'elle voudrait contrer à tout prix, elle remplit sac et blouse de viande et de fromages.

Le surveillant qui la talonne depuis le comptoir des fromages s'est rendu compte que la voleuse l'a démasqué. Dépité, il ne suit plus Emma que par acquit de conscience ; la jeune femme va se débarrasser du stock avant d'atteindre la sortie et il devra se contenter de lui faire de gros yeux. Mais, Emma s'est lancé le défi de le semer. Tête haute – elle a même volé un sandwich pour calmer sa faim, ce qu'elle ne fait jamais, préférant ne pas mélanger le produit de ses vols à ses besoins vitaux –, elle franchit les caisses à la barbe du gardien. Stupéfait, il demeure figé un moment, se reprend et, furieux, se lance à sa poursuite.

C'est un violent, une vraie brute. Il projette de toutes ses forces un panier roulant sur la poitrine d'Emma qui s'écrase, le souffle coupé, contre un mur. Une fille enceinte en aurait été quitte pour une fausse couche. Le surveillant a commis là une grave faute : il a laissé sa rage prendre le dessus sur sa raison. Emma éprouve une peur qu'elle n'a pas ressentie chez le Turc. Lui protégeait son bien et ses coups semblaient contrôlés.

Ce garçon a le physique d'un joueur de football. Il ramasse Emma par les cheveux et lui tord violemment les bras dans le dos :

« Ma tabarnac ! J't'ai enfin... Toé pis ton chum, on est tannés d'vous voir... La dernière fois vous avez vidé le frigidaire de l'allée centrale. Cinquante boîtes de crabe à vingt piastres chaque, sans compter les rôtis pis les filets mignons... Mon boss est en maudit. Là c'est fini... »

Il lui assène un coup d'épaule qui arrache des larmes de douleur à la jeune fille. Certains clients s'indignent mais n'osent pas intervenir. Pour eux, nul doute sur l'origine de l'œil au beurre noir qui défigure la maigre voleuse.

À demi consciente, Emma est traînée le long d'une allée jusqu'à un corridor qui mène aux bureaux administratifs. Une porte s'ouvre sur un autre surveillant qui la regarde comme un trophée. On la pousse contre un mur sur lequel elle glisse jusqu'à ce que ses épaules frôlent celles d'une autre personne. Serge ! C'est Serge ! Il observe sa compagne, honteux et lucide ; du moins semble-t-il avoir toute sa raison :

« Excuse-moi, Emma. C'est de ma faute s'ils t'ont arrêtée. Dès qu'ils ont mis la main sur moi, ils t'ont attendue, certains que tu te pointerais cinq minutes après, comme à l'accoutumée, mais je n'ai pas cherché à les distraire puisque je te croyais à l'autre bout de la ville...

– Hey ! Silence. Pus un mot, la femmelette… Et toi, savais-tu que ton copain s'est pissé dessus lorsqu'on l'a arrêté ? Y'a pas à dire, c'est un vrai caïd. Par les caméras, on voit bien que ce n'est pas un pro. Un minable, comme les voleurs à l'étalage du coin. Mais toé, la belle, t'as le look d'une professionnelle. Tu vas y goûter… »

Et l'autre, un petit brun trapu, de renchérir :

« T'as pas honte de laisser ta femme se taper le gros du boulot ? R'garde-moé ça, Gérard, la tapette pleure… »

En effet, deux rigoles glissent sur les joues de Serge sans que celui-ci ne cherche à les retenir. Emma en a le cœur brisé. Indignée, elle prend vivement la défense de son compagnon puis se rend compte que, ce faisant, elle ajoute à son humiliation.

Elle tente de rattraper sa bévue et cherche la main de Serge qui la repousse. Des coups sont frappés à la porte. C'est la police que les deux brutes ont appelée tout de suite après l'arrestation de Serge.

« Comme vous voyez, messieurs, vous en avez deux pour le prix d'un. On vous a téléphoné pour le gars, mais sa compagne est entrée tout de suite après.

– Beau coup de filet, les gars. »

Emma reconnaît les deux policiers et soupire de soulagement. Ce sont de bons bougres ; le plus âgé surtout, qui ressemble à un bon-papa compréhensif. Il soupire tristement :

« Emma Deschênes ! Encore toi. J'espère que tu n'es pas *mandat* parce que t'as l'air mal en point pis je s'rais obligé de t'emmener au poste et t'en serais quitte pour un sevrage…

– Dites-moi pas, monsieur l'agent, que c'est une junkie d'héroïne ? La salope qui s'prend pour une autre… »

Le regard sévère que jette l'agent-papa au premier surveillant suffit à le faire taire.

« La fille est blessée. A-t-elle résisté à son arrestation ?

– Écoutez, m'sieur, cette garce avait besoin d'une leçon. Ça se voit, non ?

– Tu vas avoir aussi la tienne parce que je vais te rapporter pour abus de pouvoir. »

Le gars se tasse dans un coin, bougonne pour lui-même mais ne se risque plus à imposer son point de vue sur les voleurs.

Emma ne se berce pas d'illusions. C'est la fin. À quelques jours de son entrée dans le programme de méthadone, les dés sont joués. Serge aussi est sous mandat d'arrestation ; au moins pourra-t-il éviter le sevrage puisqu'il aura droit à sa méthadone.

Pour l'instant, les policiers procèdent : nom, date de naissance, adresse…

Serge répond aux questions comme un automate et refuse de se tourner vers Emma, à qui il en veut de l'avoir vu si faible. Celle-ci insiste ; ils seront séparés sous peu et ce serait terrible de se quitter en ces termes. Comme son compagnon continue de refuser toute approche physique, elle ravale son orgueil et le supplie de vive voix. Que les flics et les surveillants l'entendent n'a aucune importance au fond. Au point où ils en sont…

« Écoute, Serge, faut qu'on s'écrive pour ne pas perdre contact. S'il te plaît, regarde-moi. Ne sois pas stupide. Nous n'avons que l'un et l'autre… Il faut que tu restes en contact avec moi… On peut passer par Jos et Tatou… »

Tout cela en vain. Emma mesure sa solitude. Avec Jean-Marie, tout aurait été si différent. Ils auraient fait bloc contre le monde, ne se lâchant la main qu'au dernier instant, accumulant les astuces pour rester étroitement liés et ce, jusque devant le juge.

Serge est tout près, la frôle et, pourtant, il se trouve à des années-lumière. Replié dans son monde, il refuse toute approche, toute consolation, toute tendresse. C'est un étranger à qui elle ne peut même pas demander où il a passé la nuit, à quel moment sa crise de folie a pris fin et s'il a eu des ennuis. Emma ne peut rien attendre de lui. Elle devine aussi confusément, avec une pointe d'effroi, que Serge serait facilement capable de la trahir pour sauver sa peau. En ce moment, elle en a la certitude ; il l'abandonnerait s'il le pouvait. Emma sait qu'elle vient de toucher une vérité profonde mais, obstinément, la chasse de son esprit et reprend sa lutte contre l'indifférence de son conjoint :

« Je t'en prie, Serge, ne les laisse pas avoir ton moral. On fera notre temps en taule puis on se retrouvera. C'est peut-être mieux ainsi… »

Mais Serge est un être qui ne connaît pas l'espoir, qu'une seule petite difficulté abat. En ce moment, entouré de flics et de honte, il a déjà un pied dans le désespoir.

Le bon flic a tout entendu et regarde Emma avec curiosité et avec, semble-t-il à la jeune femme, une pointe de pitié mais aussi d'admiration. Il lui dit tout bas :

« T'es une survivante, la p'tite, mais tu peux pas forcer les autres à être comme toi. »

Puis plus haut, pendant que son confrère consigne par écrit la déposition du premier surveillant, peut-être pour changer l'atmosphère oppressante du bureau et peut-être aussi pour donner une leçon aux deux surveillants en mal d'héroïsme :

« Au fond, je me demande si les pauvres bougres de drogués qui ne sont pas allés plus loin que le vol à l'étalage ne valent pas mieux que les salauds qui cognent sur qui ne peut pas se défendre. En cas de coup dur, c'est sûr que je me fierais plutôt aux premiers. »

S'approchant du petit brun trapu, assis confortablement dans une chaise rembourrée, le flic poursuit :

« Y'a un gars qu'on a arrêté l'autre jour, le grand maigre, tu t'rappelles lequel, Ted ?... »

L'autre flic hoche positivement la tête tout en restant penché sur les papiers administratifs qu'il noircit rapidement.

« Y'était en manque. Y faisait peine à voir mais comme il n'était pas *mandat*, on l'a libéré sur promesse de comparaître. Y'avait essayé de voler deux CD chez un petit disquaire, rue Jean-Talon. On s'en revenait au poste quand on reçoit un nouvel appel pour un vol dans un dépanneur, encore rue Jean-Talon. C'était qui notre client, devinez ? Encore le grand maigre. Y'était si faible et si malade qu'il ne pouvait pas aller voler plus loin. Comme de raison, vu son état, il se faisait prendre tout de suite... Ç'a été d'même trois fois, coup sur coup, trois appels. Après trois citations à comparaître, on était bien obligés de l'emmener au poste mais j'vous jure que si j'avais eu d'l'argent, j'y en aurais donné... »

Emma remarque que les deux surveillants, s'ils n'osent répliquer, n'en sont pas moins scandalisés de voir un flic tenir de tels propos. Malheureusement, chez les flics comme ailleurs, il existe aussi de méchants tortionnaires et Emma frissonne au souvenir d'un policier corrompu qui l'avait chargée de fausses accusations, plus humiliantes les unes que les autres, par simple amusement.

L'instant crucial est arrivé. Celui où, les papiers remplis, le flic secrétaire téléphone au poste pour vérifier si les deux voleurs font l'objet de mandats d'arrestation ou s'ils peuvent les relâcher sur promesse de comparaître.

L'attente est longue, Emma et Serge sont résignés.

« Anyway, y'aura pas de surprise pour vous autres, hein, Emma ? Es-tu *mandat* ? Et ton copain ? D'après ce que tu lui chuchotais tantôt, j'crois bien que oui. »

Elle hausse les épaules, préférant ne pas répondre, et donne un coup de coude à Serge qui s'en allait acquiescer. On ne sait jamais, il ne faut pas s'avouer vaincu avant d'avoir le fusil sur la tempe. Et encore... peut-être que le coup ne partira pas.

Le flic au téléphone s'impatiente, les surveillants murmurent dans un coin et bon-papa joue du piano sur son talkie.

Enfin, des mots sont échangés au téléphone, des mots qui n'apportent aucune indication précise. La tension est presque palpable. Le flic raccroche son cellulaire.

« Ils sont *mandat* ou pas ? »

Emma ferme les yeux.

« Au poste ils disent qu'il faut attendre une heure pour le savoir, y'a un problème informatique et les écrans des ordinateurs ne fonctionnent pas. Ils sont en train de tout réparer. Le sergent se fie sur nous pour prendre une décision mais il dit qu'on peut pas attendre une heure pour de simples voleurs à l'étalage. Y'a d'autres appels à couvrir. Alors qu'est-ce qu'on fait, on les emmène ou pas ? »

Le cœur d'Emma se met à battre très fort. Est-il possible qu'un miracle se produise ? Qu'ils aient de la chance pour une fois ?

Papa flic se tourne vers le couple, hésite. Il a sûrement deviné qu'ils sont *mandat* même s'ils n'ont rien avoué. Finalement, au grand dam des surveillants :

« On vous donne une promesse de comparaître pis vous pourrez partir. Mais si on nous rappelle aujourd'hui en ce qui vous concerne parce que vous aurez commis un autre délit dans le district, j'vous coffre tout d'suite… »

Puis, un mince sourire en leur direction :

« Bonne chance. »

Emma doit pousser Serge du coude pour que ce dernier réalise qu'ils sont libres, que ce ne sera pas pour cette fois. Dès les portes du Loblaws franchies et les flics partis, Serge glisse enfin une main dans celle de sa compagne et les deux amants, plus légers que jamais, s'éloignent dans la lumière.

3

Dans le ciel de Montréal, l'espoir est au rendez-vous : des rayons lumineux bousculent quelques nuages égarés et prédisent un jour superbe.

La matinée enroule de tendresse le cœur d'Emma. Pour une fois, tout va bien. Elle a assez de drogue dans le sang pour tenir encore quelques heures, Serge a accepté de l'accompagner au bureau du Centre de recherche et d'aide aux narcomanes – que les habitués appellent le Cran – et, de plus, il est calme et lucide. C'est donc la fête.

Hier, de la cabine téléphonique du coin de la rue, la jeune femme a appelé le docteur Lauzon. Il lui a confirmé son inscription au programme de méthadone.

« Passez demain.

– Demain ? » La brume matinale s'est dissipée. Sur le trottoir d'en face, deux gamins couraient, pressés d'atteindre le petit carré de verdure qui leur servait de terrain de jeux. Ce modeste parc remplace la forêt amazonienne dans l'imaginaire des enfants de ce quartier pauvre.

« Oui, demain. On vous donnera la prescription, a ajouté le médecin. Vous la remettrez à la pharmacienne responsable de la méthadone à la Pharmaprix, coin Mont-Royal et Saint-Laurent. Elle s'appelle Johanne…

– Johanne, oui, je la connais…

– Eh bien, tant mieux. C'est une femme dévouée et compétente. Elle travaille depuis des années auprès des héroïnomanes. Elle connaît son affaire… »

Emma serrait le combiné à pleines mains, le cœur aussi essoufflé et heureux que celui des deux garçons qui venaient d'atteindre l'ombre des arbres.

« Johanne vous donnera une première dose quotidienne de 20 mg. La semaine prochaine, vous aurez droit à 30 mg. La dose augmentera ainsi de 10 mg par semaine jusqu'à la zone *confortable*. Dans votre cas, elle devrait se situer entre 80 et 100 mg. Je vous préviens : en dessous de 60 mg, vous serez encore dépendante de l'héroïne. Nous devons voir comment vous réagirez à ce produit. C'est pourquoi nous y allons graduellement. »

Bien entendu, le docteur ne pouvait dire clairement : « Jusqu'à 60 mg au moins, vous devrez encore combler votre manque d'une façon ou d'une autre. »

Emma a déjà bu de la méthadone achetée au noir et n'a ressenti aucun effet secondaire. Le docteur le sait sûrement, lui qui connaît bien les méthodes de survie de ses patients… mais il y a des choses qu'il vaut mieux taire. Elles ne font pas partie de la procédure.

Il est facile de se procurer de la méthadone auprès d'ex-héroïnomanes qui, ayant passé avec succès les tests d'urine, ont gagné le privilège d'apporter quelques bouteilles de leur dose quotidienne à domicile : un mélange de méthadone et de jus d'orange pour en adoucir le goût amer. Ils en boivent la moitié et vendent le reste aux junkies en manque. Un commerce lucratif, mais combien risqué pour l'acheteur. Si ce dernier paie moins cher la dose de méthadone que le point d'héro, il ne reçoit parfois que du jus d'orange en échange de son argent. Ce coup de cochon est souvent joué par l'ex-junkie à son ancien frère de galère qui rame toujours.

En sortant de la cabine téléphonique, Emma avait des ailes accrochées à son dos. Bien sûr, elle devrait encore prendre des risques, effectuer quelques raids, mais elle pressentait une accalmie prochaine dans sa vie agitée.

Emma s'amuse à taquiner Serge. Il étrenne une chemise neuve chipée dans une boutique du coin. Il la porte comme un trésor. Il a même insisté pour marcher côté maisons afin d'éviter les éclaboussures, le soleil n'ayant pas encore asséché toutes les flaques d'eau.

Emma est allègre ce matin, son pas en témoigne, ses propos aussi :

« On dirait que c'est la première fois que tu portes du neuf. Wow ! Et quelles couleurs ! De quoi aguicher tous les flics du quartier. »

Serge le timide. Son visage devient aussi coloré que sa chemise : du rouge, de l'orange... et même, à bien y regarder, une touche de bleu tirant sur le vert. On dirait la palette d'un Fauve. La chemise vit ; elle tente, avec l'aide du vent, d'échapper à son malingre support. Emma, elle, n'en finit plus de s'amuser aux dépens de son compagnon.

Lui, pourtant si orgueilleux, prend la chose avec sérénité. Il y a plus d'une semaine que Serge a subi son dernier coup de folie. Son corps et ses propos sont plus souples, plus détendus ; sa démarche, plus légère. C'est qu'on en est aux derniers jours du mois. Comme chaque fois, la perspective du loyer à payer lui donne un peu de raison. Alors, il cesse, pour une courte période, de prendre de la coke.

Contrairement à Emma, habituée par ses errances avec Jean-Marie à se passer du confort d'un toit, Serge s'affole à l'idée de dormir au petit bonheur. Les repères physiques et temporels le rassurent et l'apaisent. Comme le couple ne peut présenter aucun papier au bureau de l'aide sociale et que la police les recherche, ils doivent voler pour s'assurer gîte et couvert.

Le Cran loge au deuxième étage du CLSC du quartier. Affable, une réceptionniste leur demande de patienter. L'attente ne dure pas plus de cinq minutes.

On appelle Emma ; elle pose sa main sur celle de Serge.

« Tu ne t'en vas pas, j'espère. »

Le ton est celui d'une mère inquiète suppliant son adolescent rebelle de ne pas commettre de bêtises.

Un bureau pas très grand, un ameublement modeste : classeur, table de travail, deux chaises droites. Le docteur Lauzon en occupe une. Il se lève, désigne l'autre à Emma. Il est grand et mince, il a le geste élégant. Ses traits sont avenants, son teint trahit le sportif. D'emblée, la jeune femme est en confiance.

« Comment allez-vous, Emma ? Du nouveau, depuis la dernière fois ? »

Emma se confie sans réserve à celui qui écoute sans s'étonner, qui ne juge pas ni ne fait la morale. Une bénédiction.

Emma se révèle, mais n'ose pas parler des troubles de son compagnon. Des troubles que le docteur connaît bien puisque Serge est du nombre de ses patients. C'est lui qui aborde le sujet.

« Et Serge ? Il va bien ? »

Il vient d'ouvrir la porte ; Emma entre dans le vif du sujet avec soulagement.

« Aujourd'hui, oui, mais je ne sais jamais quand une crise va survenir ni ce qu'il va faire. »

Elle relate le dernier incident, celui où Serge s'est montré particulièrement violent. Et elle dit qu'elle ignore ce qu'il peut bien faire durant ces fuites qui durent parfois plusieurs jours. Prend-il des risques insensés ? Joue-t-il avec sa vie ou celle des autres ? Le médecin l'écoute avec attention, mais ne peut que lui suggérer d'emmener le jeune homme chez son psychiatre.

« Il ne veut pas y aller. Quand j'insiste, il se dit victime d'un complot dans lequel je serais impliquée : on voudrait l'enfermer ou, pire, l'empoisonner avec ses antipsychotiques. »

Le docteur lui pose une main sur l'épaule.

« Vous savez, il n'y a pas grand-chose que vous pouvez faire, à part essayer de vous protéger. Serge a trente-huit ans. Il arrive que l'état de ce type de malade se stabilise après quarante ans. Sa maladie peut même régresser. Il vous faudra voir un psychiatre pour en savoir davantage. En attendant, allez chercher votre dose de méthadone. Cela vous fera du bien. »

Emma le remercie. Elle a un poids à porter qu'elle a consciemment choisi. La bonne volonté de ceux qui veulent l'aider n'y fera rien ; elle ne pourra alléger son fardeau. Emma mesure son impuissance.

Allez ! Elle redresse le menton : ne se laissera pas abattre elle qui a le courage rivé au corps. Pour l'instant,

Serge va très bien, il fait beau, elle n'est pas en manque et, à compter d'aujourd'hui, elle va bénéficier d'une dose quotidienne de méthadone. Les emmerdes ? On s'en occupera quand elles se pointeront.

Ils vont à la pharmacie en autobus. Serge transpire à grosses gouttes. Il n'est pas encore en manque, mais dans un état d'inconfort avancé. Il a l'habitude de prendre sa méthadone plus tôt le matin.

Sans le moindre dollar en poche, le couple marche jusqu'à une station de métro où entre Serge. Emma, elle, se rend à l'arrêt d'autobus. À peine trois minutes plus tard, son compagnon l'y rejoint, deux correspondances à la main. Serge est passé maître dans l'art de la resquille. Sauter par-dessus les tourniquets du métro, s'emparer de correspondances, refaire le chemin inverse sans être pris est pour lui jeu d'enfant. Tout cela, Emma peut le faire aussi, mais avec moins de vélocité et de naturel.

Ils sont devant la Pharmaprix, pour eux un lieu sacré où ils se verront soulagés de leurs tourments. Qui y va quérir sa méthadone n'y entre pas, comme les autres clients, par l'entrée donnant sur Mont-Royal, mais plutôt par une petite porte de côté, boulevard Saint-Laurent.

Certaines pharmacies, par manque de place, délivrent la méthadone à leur comptoir de prescriptions habituel. Comme celle, par exemple, qui oblige le drogué à suivre un itinéraire identifié par des traces de pas jaune vif peints sur le plancher du magasin pour ne pas mélanger les clientèles. Tout le monde sait que les junkies sont sales, grossiers, voleurs, que les bonnes gens ne les apprécient pas et que c'est mauvais pour le commerce. D'ailleurs, la condition première imposée aux « méthadoneux » est celle de ne rien dérober dans la pharmacie qui leur fournit le remède. Le simple vol d'un paquet de gomme au comptoir et c'est le renvoi définitif du programme. Voilà l'épée de Damoclès la plus effilée et la plus longue qu'on n'ait jamais pu observer au-dessus d'une tête.

Serge appuie sur la sonnette. Grâce à une caméra, la pharmacienne attitrée du Cran vérifie qu'il s'agit bien d'usagers inscrits sur la liste. Une prudence qui est de mise, eu égard aux incidents passés... Comme ce fameux matin où quatre junkies ont fait main basse sur le stock de méthadone ; ou cet autre jour où un junkie frustré d'être toujours sur la liste d'attente a exigé, arme au poing, une dose de la potion miracle. Il y a aussi les habitués à qui on ne peut donner le remède parce que déjà trop gelés.

Emma est déjà venue pleurer devant cette porte, à bout de vie, alors qu'elle n'avait pas encore entrepris les démarches pour s'inscrire au programme. À cette époque n'existait pas encore le fameux Relais Méthadone sur Saint-Hubert. Les travailleurs sociaux y œuvrant vont chercher jusque dans la rue les héroïnomanes les plus asociaux, incapables de remplir le plus simple formulaire.

Dring ! Serge ouvre la porte et monte seul vers Johanne qui trône derrière son comptoir. La dame est petite, ronde, et elle prodigue à sa nichée de drogués les soins d'une mère poule.

Johanne sait tout des travers et des qualités de ses « protégés ». Elle connaît leurs souffrances, leurs petites joies. Par exemple, Josée, qui vient de se dénicher un premier emploi, lui confie ses peines de cœur ; Nathan, le légendaire fraudeur, se plaint sans cesse d'une dose trop faible à son goût ; Nathalie, une prostituée de haut vol œuvrant dans l'Ouest, lui voue une reconnaissance illimitée. Il y a un an, alors que son pimp tentait de l'étrangler avec la courroie de son sac à main, juste au pied de l'escalier de la pharmacie, Johanne s'est bravement interposée, lui sauvant la vie ! Il y a aussi Hugo, ce grand déprimé à qui elle a arraché un sourire. Et c'est encore Johanne qui a alerté les flics lors de la disparition de Serge, il y a quelques mois... Ah ! Si Johanne écrivait le roman de sa vie, on connaîtrait l'âme profonde des héroïnomanes.

Vient le tour d'Emma :

« Emma ! Heureuse de te voir. On t'a enfin acceptée. C'est un bon pas en avant. »

Johanne connaît Emma depuis la mort de Jean-Marie, quand la jeune droguée a commencé à traîner sa douleur et son manque dans le coin.

Le corps repu et l'esprit apaisé, Serge et Emma planifient leur journée de travail. Il leur faut trouver, au bas mot, quatre cents dollars pour le loyer, l'héroïne que doit encore prendre Emma et le taxi indispensable pour l'opération à venir.

Serge a récemment repéré un receleur d'alcool, bon payeur et honnête, selon les critères de sa profession. Le raid aura lieu à la SAQ de la Place Versailles.

Entre le stand de taxis et la porte qui donne accès à la SAQ de la Place Versailles, il n'y a que dix pas.

Emma les a déjà franchis avec un sac vide et est revenue avec le même sac, mais rebondi. En ce moment, elle attend Serge qui, entré après elle, n'est pas encore ressorti. Il l'a quittée il y a bien dix minutes maintenant. Impossible d'aller aux nouvelles sans laisser le butin sur le trottoir, et il arrive souvent qu'un voleur soit volé à son tour. L'instant est éternel, dit-on ; mais certaines éternités sont plus longues que d'autres. Emma sue d'inquiétude.

Enfin, le voilà qui sort.

« T'en as mis du temps !

– C'est pas possible, Emma ; y'a un gardien qui me suivait ; tout le monde me regardait. »

Un gardien, des clients ? Il n'y avait personne à la SAQ lorsqu'ils se sont croisés tout à l'heure, elle en sortant, lui y entrant. Emma comprend : comme cela arrive de plus en plus souvent, Serge a été incapable de voler. Sa paranoïa prend le dessus et ses moyens l'abandonnent. Alors, il voit du danger partout.

Surtout, lui permettre de garder la face.

« C'est clair qu'on te surveille plus que moi. J'y retourne. J'en ai déjà cinq, il n'en manque pas beaucoup, tu sais. »

Comme Emma s'en doutait, il n'y a personne dans le magasin, sauf une caissière plus préoccupée par le vernis de ses ongles que par la présence de la jeune femme. Emma remplit donc facilement son sac ; un jeu d'enfant, encore trop dur pour Serge, étant donné son état. Elle assurerait bien seule la survie du ménage, mais Serge ne voudra rien entendre. Trop orgueilleux.

Elle sort. Serge est déjà dans un taxi. Il n'ose pas la regarder en face. Emma choisit de mentir.

« Tu avais raison, ça n'a pas été facile. Un client était un surveillant, j'en suis sûre. Si j'ai réussi, c'est qu'on me connaît moins que toi, ici. »

Serge retrouve son assurance :

« Je te l'avais dit ! »

Aujourd'hui, Emma a su lui conserver sa dignité.

Les bouteilles ont été vendues… bien vendues, même. Les trois Grand Marnier, les deux vins rouges Brunelli et les quatre portos de haut vol ont rapporté trois cent cinquante dollars. Le taxi payé, les jeunes gens remettent deux cents dollars à leur concierge, soit la moitié du loyer du mois, et s'entendent pour régler le reste le lendemain.

Jos et Tatou les ont invités à passer la soirée chez eux. Généreux, l'ancien intervenant ajoute près d'un demi-point à ce qu'achète Emma. Tatou est une ancienne danseuse. Belle grande blonde aux courbes voluptueuses, elle offre Serax et Valium.

L'hôtesse a aussi apporté cuillers et seringues et on amorce le rituel. Pour faire « social », on a commandé de la bière, à laquelle on touchera à peine, car alcool et smack font mauvais ménage.

L'héroïne a l'heur de détendre tout le monde, même Serge qui oublie ses peurs et ne pense donc pas à la coke.

Le temps s'écoule, feutré et immuable, à parler de projets grandioses. Du sol enfumé où Tatou se vautre s'élève une belle voix rauque à saveur de jazz.

« Jos et moi, on arrête de vendre et de se piquer. On va s'acheter une maison dans le Nord avec des chiens et des chevaux. La paix… les oiseaux… et tout.

– Vous viendrez nous voir, ajoute Jos, plus hirsute que jamais. OK ? »

Serge grommelle un oui et Emma acquiesce mollement, presque tristement. Tatou et Jos n'arrêteront pas de se piquer et leur maison dans le Nord, c'est du vent.

Malgré l'effet calmant de l'héro, Emma ressasse sa vie. À ses propres problèmes, qui ne sont pas légers, s'ajoute la maladie mentale de Serge qui dresse entre eux un spectre qu'on ne peut abattre. Avec Jean-Marie, elle a bien sûr vécu des réveils obligés, des lendemains blêmes et difficiles ; dans les matins gris, sur les trottoirs crevassés, entre les flaques d'eau sale, ils s'engueulaient, s'injuriaient, mais finissaient par se soutenir, quand même et toujours, en route vers leur but commun. Avec Serge, cette fusion totale est impossible.

4

« Emma ! Emma ! »

Qui l'appelle ? Qui la secoue ? Elle frissonne. Est-elle en train de rêver ? Pourtant son esprit ne voyage jamais durant ses périodes de consommation... du moins quand elle dort. Éveillée, sa vie est un cauchemar permanent.

« Emma ! »

Tirée d'un sommeil de tombeau, la jeune femme ouvre les yeux. C'est toujours la nuit. Au-dessus d'elle, un visage hagard, celui de Serge. Dans la pénombre, on dirait celui d'un mort.

« Tu es malade, Emma. Je suis sorti appeler Urgences-santé. On t'amène à l'hôpital. »

Tout à fait réveillée à présent, Emma se dresse sur le matelas. Deux ambulanciers la regardent, inquisiteurs.

« Comment allez-vous, Mademoiselle ?

– Mais... je vais très bien... »

À part quelques courbatures dues à ses courses effrénées dans les rues, l'engourdissement causé par ce réveil brutal et un goût amer dans la bouche, annonciateur du manque, Emma ne ressent aucun malaise.

« Laissez-nous vérifier. »

On lui prend sa tension, son pouls. « Mon Dieu, que se passe-t-il ? » songe Emma.

Pendant qu'on l'ausculte, elle essaie de reprendre ses esprits. Elle tourne la tête vers Serge qui s'est réfugié dans un coin. Accroupi contre le mur, les bras raides le long du corps ; ses yeux tournent, débiles, dans leur orbite. Soudain, elle comprend : une fois de plus en crise, son compagnon psychotique s'est imaginé qu'elle est malade. Allez savoir pourquoi. Ce n'est pas sûr qu'il le sait lui-même. Elle écarte ses soignants.

« Je vais très bien, je vous le répète. C'est une fausse alerte. Mon ami s'est inquiété pour rien. Je m'excuse du dérangement. Tout va bien. »

Les ambulanciers se concertent du regard. Ils savent qu'ils ont affaire à des junkies puisque des seringues jonchent le sol ; la malade semble bien se porter, du moins pour une droguée. Quant à son copain qui se comporte d'étrange façon, son cas n'est pas de leur ressort ; eux traitent les maux physiques, pas les problèmes mentaux. Ils grommellent et disparaissent vite fait.

La porte refermée, Serge s'approche, mauvais, de la bave aux coins de la bouche.

« Tu es malade, Emma. Le comprends-tu ? Tu ne veux pas te faire soigner parce que tu veux me passer tes microbes ; des virus créés en laboratoire, ouais… Je t'avertis que ça ne marchera pas. Toi et les autres, vous ne me transformerez pas en cobaye. Je m'en vais. »

Emma soupire… pour expulser colère et impatience.

« Tu as raison, Serge, je suis malade, mais il n'y a aucun danger que je t'infecte… Il n'y a que moi à servir de cobaye. »

La dernière phrase, énorme non-sens, a du mal à franchir ses lèvres. Mais que faire d'autre que de mentir et entrer dans le monde irréel de Serge ? Tenter de le raisonner, lui démontrer son bon état général de santé, même grâce à une attestation médicale en bonne et due forme, risquerait d'empirer les choses.

Elle continue à lui parler doucement et ouvre les bras pour le recevoir. Elle est une croix.

Il se calme peu à peu, se couche à son côté, l'attire vers lui. Emma lui parle longtemps, jusqu'à ce que le souffle de Serge devienne régulier au creux de son épaule. Et même si le soleil perce à présent la fenêtre et malgré son désir de partir pour la pharmacie, elle ferme les yeux et berce Serge comme un nourrisson.

Le soleil flamboie au zénith lorsqu'ils sortent enfin de l'appartement pour se mettre en route. Ils avancent péniblement dans la chaleur qui pèse sur eux comme une charge. Tout entiers à leur harassement, ils ne parlent pas. Serge semble se porter mieux mentalement. Il s'est même excusé d'avoir appelé Urgences-santé. Emma sait bien cependant qu'il n'a aucune emprise sur ses visions. Comment cela finira-t-il ?

Cinq junkies attendent devant la petite porte de la pharmacie. Ils leur apprennent qu'il y a un problème de distribution et qu'il faut patienter. À l'exemple des autres, Emma et Serge s'écrasent sur le rebord d'une marche. Un drogué en manque n'a que l'énergie de s'asseoir ou de s'étendre. « Quelle fatalité que ce retard », songe Emma. Et ces visages blêmes autour d'elle. C'est comme se voir dans une glace. « Nous sommes tous des vieillards, pense-t-elle. Nos yeux sont toujours humides ; leur pâle lueur glacée tremble et menace de s'éteindre. Nos corps striés de cicatrices sont voûtés, tordus par l'arthrite. Et nous sentons déjà la mort. Ce gars, par exemple, assis un peu en retrait, n'est-il pas trop jeune pour ses cheveux gris ? » Le cœur d'Emma fait un bond, elle le reconnaît. Mais oui, c'est Dino. « Pas possible. Pas le fier Dino ?! »

Emma s'approche, pose une main sur l'épaule de son ancien pusher.

« Salut Dino ! C'est Emma… Tu me reconnais ? »

Le jeune vieillard se détourne et penche la tête, l'air honteux.

Emma n'insiste pas. Elle revient s'asseoir auprès de Serge.

« Tu le connais ? lui demande-t-il.

– Oui, c'était notre pusher, à Jean-Marie et à moi.

– Ben aujourd'hui, il n'est plus rien. Juste un stool. Ne lui parle plus, sinon les autres te regarderont de travers. Tiens ! La porte s'ouvre. »

Dino, le premier arrivé, entre d'un pas lourd sous le regard méprisant des autres. Emma profite de ce qu'il n'est plus là pour questionner Serge.

« Que veux-tu dire par stool ?

– Eh bien… tu te rappelles Luigi, son ami d'enfance, celui qui est devenu son homme de main ? Dino lui confiait les basses besognes : récupération des sommes non payées, passages à tabac… »

Emma se rappelle… Luigi, un gars court et massif, entièrement dévoué à son ami Dino, ce membre d'une famille reconnue dans le Milieu.

Chargé par sa famille de gérer des piqueries très fréquentées, Dino a vite fait fortune. Les beaux soirs d'été, on pouvait voir sa Porsche décapotable rouge sang descendre lentement la rue Sainte-Catherine, Dino au volant, de belles filles gelées dur plein les autres sièges. Au faîte de sa réussite, Dino, s'estimant au-dessus des règles de sa famille, a décidé d'imiter ses clients : il s'est mis à l'héroïne.

Cela, Emma le savait. Serge lui raconte la suite.

Ce qui devait arriver arriva : arrestation de Luigi et de Dino dans une piquerie de ce dernier et incarcération des deux amis à la prison de la rue Parthenais. Interrogé par les enquêteurs, Luigi n'a pas trahi. Marionnette de Dino, il aurait pu s'en sortir en disant la vérité. Il n'était qu'un pion, qu'un sous-fifre, après tout. Durant tout l'interrogatoire (six heures !), il a gardé les yeux au sol et n'a pas dit un mot. Une loyauté de chien.

Dino, lui, s'est effondré aux premières questions. Il a fait de Luigi le grand patron du réseau, puis a signé sa déclaration avec l'encre de la peur. On l'a libéré sous de légères conditions.

Dans la famille de Dino, on n'apprécie pas les délateurs. On l'a donc renié. Sans argent, désavoué, mais toujours héroïnomane, le traître a dû avoir recours à la mendicité pour survivre. Il ne pouvait plus se permettre le moindre délit : pas question pour lui d'aller en prison, où Luigi ne manquerait pas de régler ses comptes.

Trois ans dans la rue, par tous les temps, à s'essouffler d'un shoot à l'autre, toutes les portes fermées, les cœurs aussi. Dino n'a plus que honte et peur comme compagnes. Il y a six mois, on l'a accepté dans le programme de méthadone. Soulagement ! Le surlendemain, il apprenait que Luigi allait bénéficier bientôt d'une remise de peine. Le sursis tirant à sa fin, Dino s'est mis à grisonner.

Emma a écouté le récit de Serge sans rien dire. Lorsque Dino sort et s'éloigne pesamment dans la lumière, la jeune femme a une prière pour ce dos qui s'efface.

La journée décline. Les deux comparses approchent du supermarché Maxi, sur Crémazie, avec l'intention de voler de la viande. À cette heure tardive, les boutiques des receleurs sont fermées, mais la viande s'écoule facilement dans les bars de la rue Jean-Talon, même à la nuit tombée.

Ils n'ont pas apporté de sacs en plastique pour cette opération. Trop dangereux dans les magasins d'alimentation. Emma cachera une partie du butin sous son chandail, où il sera retenu par la ceinture de son jean, et le reste dans son grand fourre-tout. Serge, lui, glissera tout son larcin sous sa chemise rentrée dans son pantalon.

Ils n'ont pas opéré dans les supermarchés depuis leur dernière arrestation au Loblaws et une angoisse diffuse flotte autour d'eux ; Serge qui a toujours privilégié les grandes surfaces bat pourtant nerveusement des paupières, alors qu'Emma essuie ses mains moites contre son jean. Un instant, comme pour se donner du courage, ils s'étreignent très fort. La jeune femme insiste ensuite pour y aller la première. Ainsi, en plus de faire le plein de victuailles, elle prendra le pouls du Maxi et saura informer Serge sur la « dangerosité » du lieu.

Emma se faufile comme une anguille entre les chariots. Elle s'arrête devant le comptoir à viandes, en répertorie d'un coup d'œil le contenu, évalue le coût, le volume et les avantages de revente des denrées offertes.

Filets mignons et boîtes de crabe sont vite fourrés dans son sac.

Serge l'attend sous la Métropolitaine.

« Est-ce qu'on t'a suivie ?

– Tout est beau. Personne ne m'a remarquée. Tu peux y aller sans danger. »

Le jeune homme la quitte, à peine rassuré. Elle le suit des yeux. Un mauvais pressentiment. Son cœur palpite.

Emma a attendu Serge longtemps. En désespoir de cause, elle camoufle le fruit de son vol derrière un pilier et se dirige prestement vers le Maxi.

Elle y repère Serge très vite. Deux paquets de viande à la main, adossé à une étagère, il semble pétrifié. Emma s'approche et le secoue.

« Qu'est-ce qui t'arrive ?

– Ils sont plus de quinze à me suivre. Je vais me faire prendre. Regarde : deux surveillants sont cachés de l'autre côté de la rangée. Ils m'épient entre les boîtes de céréales. »

Pour la forme, Emma va voir. Il n'y a personne, bien sûr. Serge est de nouveau en pleine crise. Pour l'instant, personne ne l'a repéré, mais ça ne durera pas bien longtemps.

« As-tu du stock de caché sur toi ?

– Oui.

– Tu t'en débarrasses au plus sacrant. Comme on va te suivre, on ne s'occupera pas de moi. Je pourrai donc opérer tranquillement et terminer notre journée de travail.

– Haaaa!»

Serge hurle; il se débat comme si on le retenait de force. Bien sûr, il n'y a pas un chat près de lui… du moins, il n'y en avait pas jusqu'à ce qu'il se mette à crier comme un possédé. À présent, clients et travailleurs du Maxi accourent de partout. «Merde, se dit Emma, il faut que je trouve le moyen de lui enlever le stock qu'il porte sur lui, sinon on va l'arrêter.»

Elle s'approche; il la repousse durement et Emma se retrouve au sol. Il est maintenant trop tard pour le sauver, car deux gardes de sécurité surgissent inopinément. Le plus grand maîtrise Serge en lui pliant les poignets dans le dos, l'autre aide la jeune femme à se relever.

«Hé! mais… je te connais, toi. Emma Deschênes! Viens avec moi que je vérifie s'il n'y a pas des mandats d'amener à ton nom. On verra bien si…»

Sur cette phrase avortée, il quitte Emma et se précipite au secours de son collègue qui ne contrôle plus un Serge qui se débat comme un diable. La jeune femme en profite pour s'enfuir sans regarder en arrière.

Elle sort du Maxi et traverse Crémazie en trombe; on klaxonne dans son dos, on manque de la faucher. Mouillée de larmes et de sueurs, Emma récupère enfin la viande cachée derrière un pilier et repart de plus belle. Elle craint que Serge ait cette fois-ci basculé pour de bon dans la folie.

«Mon Dieu, faites en sorte qu'on le guérisse, même si je dois ne jamais le revoir.»

Pour un prix dérisoire et sans même négocier, elle a cédé son butin à la première brasserie visitée, rue Jean-Talon. Un peu plus tard, elle ne sait plus trop comment, elle a sonné chez Jos. Étant donné l'heure tardive, ce dernier a grogné, mais l'a quand même laissée entrer.

Entre deux hoquets, elle a raconté.

Tatou lui a posé une couverture sur les épaules et a insisté pour qu'elle ne retourne pas dormir chez elle.

« Je prépare le divan. »

Jos l'a regardée faire. Aucun émoi apparent, aucune peine manifeste. L'arrestation de Serge n'était-elle pas prévisible ? Pourquoi en faire tout un plat ?

« J'espère juste que tu vas me rembourser ce que vous me devez avant qu'on t'arrête à ton tour. »

C'est tout ce qu'il a dit. Il n'y avait rien d'autre à dire.

Calmée par son fix de smack, étendue en boule sur le divan, Emma s'abandonne aux caresses chaudes et douces de l'héroïne.

Demain ? À chaque jour suffit sa peine. Demain, il sera toujours temps de se remettre à penser.

5

Emma ouvre les yeux. Son esprit bouillonne, mais son corps refuse de bouger. Du plomb sur le sofa.

À travers les danseuses peintes sur les stores, toujours baissés chez un junkie, on devine qu'il fait beau. Les demoiselles des stores s'en réjouissent et se trémoussent au gré du vent.

Pour qu'Emma s'anime, elle aussi, il lui faut du smack et seul Jos peut lui en *fronter*. Alors seulement pourra-t-elle se rendre à la pharmacie pour sa dose quotidienne de méthadone. Hier, à cause des événements survenus au Maxi et de l'heure tardive, son maigre pécule a tout juste suffi à atténuer son manque. Harassée, elle a repoussé son problème d'approvisionnement au lendemain. Or, voilà qu'il se pointe, cet angoissant lendemain.

Par chance, elle est déjà dans l'antre du pusher. « Mon Dieu, quand vont-ils donc se réveiller, Tatou et lui ? Merde ! Il n'est que sept heures. »

Pour tromper l'attente, elle fait le point sur les besoins de la journée : trouver un avocat pour Serge, apporter à ce dernier cigarettes et argent, payer le reste du loyer, rembourser Jos, en partie du moins, et prévoir cinquante dollars pour un point de smack. Le défi n'est pas mince. « Lève-toi, Jos, je t'en prie, il est sept heures et quart. »

Le pusher aurait-il perçu sa muette prière ? Emma entend glisser des pantoufles. Le bruit provient du fond de la grande pièce. Derrière le discret paravent qui isole le lit de ses hôtes du reste du loft, quelqu'un s'est levé. Enfin !

Apparaît une longue tunique de brocart qui chatoie et froufroute jusqu'aux chevilles de Jos. Les cheveux du pusher auréolent son crâne comme les rayons des soleils dans les dessins d'enfants.

Le plancher craque. D'un pas pesant, Jos s'approche du sofa.

« Bien dormi ?

– Oui, Jos. Merci. Heu… il faut que je te parle…

– OK, mais laisse-moi prendre mon shoot avant.

– C'est de ça dont je veux te parler. Peux-tu m'en faire un aussi ? Je te promets de te le rembourser aujourd'hui ainsi qu'une bonne partie de la dette… »

Jos accepte à contrecœur. Emma le sent à bout de générosité. Désormais, elle ne pourra plus compter que sur elle-même.

Après l'injection, son énergie retrouvée, la jeune femme prend moins de quinze minutes pour se doucher, ranger le coin salon et se retrouver devant la porte d'entrée. Jos ne lui dit pas au revoir. Il en a marre des parasites. Quant à Tatou, adepte des Valiums, elle ne se lèvera pas avant midi.

C'est dimanche. Honnêtes gens et voyous dorment encore paisiblement. Seule preuve de vie sur les trottoirs, les pas d'Emma résonnent comme un tumulte. La fraîcheur d'une toute jeune matinée et les rues désertes, au lieu de la réjouir, enfoncent une plus grande solitude dans son âme. Serge, malgré ses crises paranoïaques, lui manque cruellement. Une droguée trouve difficilement un compagnon d'infortune aussi fidèle.

Au coin de Saint-Laurent et Mont-Royal, elle attend l'ouverture du comptoir de méthadone. Quelques junkies traînent autour de la porte, indifférents les uns aux autres. C'est l'heure douloureuse, l'heure des écœurements, l'heure de lucidité où le drogué sait qui il est.

Enfin Johanne, les yeux encore embués de rêves, ouvre au premier patient qu'elle accueille tout sourire. Sa robe courte en fin tissu déploie ses fleurs comme un jardin. Les manches larges et longues dansent à chacun de ses gestes. C'est un lilas égaré dans un champ de belladones ; un bonheur.

Arrive le tour d'Emma. Grâce à la caméra, Johanne sait déjà que Serge ne l'accompagne pas. Son accueil s'ajuste à la tristesse qu'elle devine : son sourire se fait modeste, les fleurs de sa robe semblent même pâlir.

« Serge s'est fait arrêter ?

– Oui.

– Sais-tu à quel poste de police on l'a emmené ?

– Au Centre opérationnel nord, c'est sûr.

– Dommage. Tu sais que je ne peux pas lui envoyer sa méthadone là-bas.

– Quoi ?! Il va être malade comme un chien. Johanne, fais quelque chose, c'est pas possible.

– Désolée, je ne peux rien faire. »

Johanne lui explique : il y a peu, un de ses clients inscrit au programme s'est retrouvé dans un des centres opérationnels et on lui a livré sa méthadone selon la procédure établie. Malheureusement, il était déjà bourré de drogue, et la prise du remède a causé une overdose dont il est mort. Depuis, tant que le prévenu n'est pas libéré ou transféré en prison, il n'a plus droit à sa méthadone.

De durs propos, Johanne le sait. Pour en atténuer l'effet, elle encourage Emma.

« Allez ! Demain, c'est lundi. On le laissera sans doute sortir.

– Non. Comme moi, il a trop de mandats d'arrestation contre lui. Et il était en pleine crise de paranoïa. Ils vont l'interner dans une aile psychiatrique de Bordeaux, c'est sûr. D'ici là, il va être malade à en crever. »

Emma mesure son impuissance. Fini le bon vieux temps où l'on saupoudrait de smack des billets de banque avant de les faire passer aux détenus. La combine a été éventée. Pauvre Serge ! L'esprit dérangé, le corps maintenant entravé, voilà qu'il se dirige vers les affres du manque. Emma frissonne. Les douleurs d'un sevrage sont telles que leur seul rappel en ranime chez elle les symptômes.

Emma déambule sur l'avenue du Mont-Royal maintenant colorée de badauds. Elle farfouille dans ses poches à la recherche de petite monnaie. Un dix cents, un autre dix cents et... six sous noirs. C'est tout son avoir, mais il suffira pour faire un appel au Centre opérationnel. À condition de pouvoir changer les sous noirs pour une pièce de cinq cents.

Les boutiques sont encore fermées, elle s'adresse aux passants. Pas de chance avec les trois premiers qui la croient en train de quêter. Elle essuie même quelques insultes. Elle tombe finalement sur un bon Samaritain qui refuse la monnaie et lui tend son téléphone cellulaire.

« Garde ton argent et appelle qui tu veux. »

Parler à un policier devant cet homme généreux ? Gênant. De plus, elle doit passer par la téléphoniste pour obtenir le numéro du poste de police. D'une cabine publique, c'est gratuit ; pas d'un portable. Elle hésite donc. L'autre comprend et lui remet une pièce de vingt-cinq cents. Il refuse la monnaie qu'elle lui tend.

Miracle ! Le policier de garde du Centre opérationnel accepte d'emblée de lui parler de Serge. Le jeune homme y est bien détenu et comparaîtra demain matin à la Cour municipale. Vu les nombreuses accusations contre lui, il sera difficile de le faire sortir. « … Peut-être sous caution, ajoute le policier. Pour l'instant, il ne semble pas en manque, mais son état mental est inquiétant. » Oui, elle peut lui apporter cigarettes et argent, avant vingt heures, cependant. La méthadone ? Il ne faut même pas y penser. Johanne avait raison.

En face de la cabine téléphonique, un dépanneur ouvre ses portes. Emma entre. Un jeune caissier, les yeux à demi fermés, bâille sur son comptoir. Elle glisse une boîte de sardines et un sandwich préemballé dans son baluchon et sort, ni vu ni connu.

Métro Mont-Royal, la jeune femme casse la croûte. Son esprit est un maelström. Où ira-t-elle voler aujourd'hui ? Si les idées pouvaient faire la course, celles d'Emma rafleraient tous les prix tant elles fusent et s'entremêlent à une vitesse folle. Elle réussit cependant à en capturer une et s'engouffre dans le métro comme on entre en bataille.

Le soir tombe. La journée a été un enfer. Un de ces jours où le malheur vous suit comme une conscience. Emma a dû faire une dizaine de commerces de livres ou de disques sans pouvoir y opérer le moindrement : un personnel méfiant et zélé, des gardes de sécurité à profusion et des maladresses d'amateur – le plus grand professionnel en commet –, tout a joué en sa défaveur. Même un client s'en est mêlé, qui l'a dénoncée. Elle n'a eu que le temps de déguerpir. En désespoir de cause, elle s'est rabattue sur la viande. Un butin aussi insignifiant que celui de la veille et une vente de la même hauteur.

Rompue de fatigue et anémiée par un sang qui réclame son poison, elle s'est tout de même rendue au poste de police en fin d'après-midi. Une angoisse pire que celle qui a accompagné ses vols l'étreignait. Emma est recherchée, bien des policiers la connaissent. Elle a eu peur d'entrer. Elle a plutôt demandé à un quidam d'y déposer un paquet de cigarettes et cinq dollars au nom de Serge. Le brave homme a accepté.

Emma sonne enfin chez le pusher qui lui ouvre avec entrain. Si elle ose se pointer, c'est que la journée a été fructueuse. La mine de la jeune femme en dit plus qu'un long discours : il déchante. Un junkie en pleine bonne fortune est toujours arrogant envers ses semblables qui pataugent dans la fange. Le sourire de Jos rétrécit donc jusqu'à disparaître. Il va refermer la porte ; Emma mendie du regard.

Finalement, il la laisse entrer. Sans un mot, il lui tourne un dos qu'elle suit jusqu'à la table à manger. Sans quitter sa chaise, Tatou agite gaiement la main :

« Ciao ! » Sous l'effet de drogues et de calmants, une dose à décimer une population entière, elle n'a pas remarqué la tension entre son chum et la visiteuse.

Emma maîtrise son accablement :

« J'ai juste l'argent pour un point de smack, Jos. Je ne peux pas te rembourser aujourd'hui. Laisse-moi du temps. Y'a des jours où y'a rien à faire. »

Jos ne l'écoute pas. Il a repris cet air méprisant qu'il affichait à Nuit et Jour. Par sympathie pour son copain, il acceptait de dépanner le couple ; Serge derrière les barreaux, les demandes d'Emma lui pèsent. Il n'apprécie pas la jeune femme : trop masculine, trop décidée, pas même capable de porter une robe ou de tenir sa place. Trop intellectuelle… Des idées, une femme ne devrait pas en avoir. Elle et ses grands mots ! Elle le met mal à l'aise.

« Je suis malade, Jos. Je dois aller voir Serge à la cour, demain.

– Arrête tes conneries ! Tu me dois plus de trois cents dollars. Je suis tanné de jouer la bonne poire. Tu te fous de moé. OK je vais te vendre ton smack pour ce soir, mais tu ne feras pas ton shoot ici. Fais-le chez vous. Je t'avertis, Emma : ou tu me rembourses demain, ou tu ne remets plus les pieds ici. Quant à ta dette, je m'arrangerai bien pour me faire rembourser. »

Il crie plus qu'il ne parle ; la jeune femme baisse la tête. Il y a des emprunts qu'il faut payer de sa dignité. Tatou, indifférente à la discussion, continue de sourire. Un sourire porté comme une parure. On dirait une statue. Elle reconduit pourtant Emma à la porte, après que Jos a servi cette dernière.

« Bonne chance, Emma. Ne t'en fais pas. Tu connais Jos... »

Justement, Emma connaît très bien Jos. Il a la colère tenace. Tatou se gave tellement de drogue qu'elle n'a plus une vision juste de la réalité ; tout est rose pour l'ex-danseuse. Ce sourire béat, perpétuellement plaqué sur sa figure...

De retour chez elle, Emma souffre d'un tel manque que s'injecter devient un défi, tant elle tremble. Ses veines fuyantes ou asséchées sont difficiles à repérer. La sueur inonde son visage. La patience n'a plus sa place. En pleurs, elle s'essaie sur un bras, sur l'autre, sur une jambe... Rien à faire. Finalement, c'est dans une veine du pied qu'elle déverse le poison.

Enfin le calme, la quiétude, la sérénité. Rien ne peut plus la blesser. Le temps s'étire : un champ paisible, si vaste que l'œil ne peut l'embrasser en entier. Un soupir, deux soupirs ; une parfaite communion avec l'univers.

« Bang ! » La porte en tremble. « Police ! Ouvre, Emma, on sait que t'es là ! »

En silence, la jeune femme fuit le lit et se plaque contre un mur, le corps tendu. Fini le beau rêve. Le calme apporté par la drogue reste, mais la réalité s'impose. Comment ont-ils pu avoir son adresse ? De Serge, bien sûr. Le pauvre n'a plus tellement sa tête ; il n'a pas songé aux conséquences. Merde ! Elle aurait dû prévoir leur visite.

La lueur d'une lampe de poche s'infiltre par l'espace entre la porte mal ajustée et le mur, glisse sur le sol, rejoint le lit, grimpe sur le matelas. L'instinct d'Emma l'a bien servie : une minute plus tôt, ils l'y auraient repérée.

Un mandat d'arrestation ne donne pas le droit de forcer une porte, mais Emma sait qu'en pratique cela se produit souvent. Elle souhaite que les flics devant sa porte ne soient pas de ces zélés qui enfreignent les règles pour arrêter un hors-la-loi.

« Bang ! » Emma retient son souffle et tente de se rappeler une prière.

Une voix se mêle à celle des policiers, celle de son concierge. Il va leur ouvrir la porte avec son double… Il n'a pas reçu tout l'argent du loyer… Il va vouloir se venger… La défaite prochaine se lit dans l'esprit d'Emma comme une certitude.

« Non, Messieurs. Que vous soyez de la police ne vous donne pas le droit de réveiller tous les locataires de l'immeuble. Non, je n'ai pas les clefs… »

Des pas qui s'éloignent. Emma n'en revient pas. Quelle chance ! « Merci, concierge ! » Elle n'est pas tirée d'affaire pour autant. Autour de minuit, il y aura changement de quart et les nouveaux flics seront peut-être plus persuasifs.

La jeune femme se retrouve une fois de plus devant chez Jos. Pas d'autre issue que de lui réclamer un gîte pour la nuit. Le temps qu'elle passerait à chercher un autre abri, toilettes de garage ou autre, l'empêcherait de récupérer. Elle ne pourrait pas assister à la comparution de Serge, le lendemain.

Cinq coups de sonnette avant que Jos ne lui ouvre. Il est furieux.

« Que veux-tu encore ?

– Les flics étaient chez nous. Ils vont revenir. Laisse-moi coucher ici une dernière nuit. Je partirai avant ton réveil. »

La haine des policiers étant plus forte chez Jos que l'animosité qu'il éprouve envers Emma, il accepte de l'héberger, non sans lui jeter un de ces regards…

« T'es mieux de partir de bonne heure. Tes problèmes, c'est pas les miens. »

Sur le même sofa que la veille, Emma va s'endormir. « Merde, j'ai oublié d'appeler un avocat. »

6

Le Quartier général de la police, rue Bonsecours. Emma pourrait s'y promener les yeux fermés. Elle y a traîné les pieds plus d'une vingtaine de fois ; pour Jean-Marie, pour Serge, pour elle-même. Des passages en cour. Et l'on attend les avocats sur les bancs de bois qui longent les murs du rez-de-chaussée et du premier étage. Est-on détenu ? On vous parque au deuxième, dans de grandes cages, en compagnie de vos semblables. Et commence l'attente…

L'entrée principale donne sur la rue Bonsecours : des marches extérieures, de larges portes vitrées et un comptoir derrière lequel trônent deux vieux représentants de la force constabulaire. Rumine-t-on parmi le troupeau détenu au deuxième, que le monte-en-crime, en partie caché par les deux vigiles, nous vomira en territoire libre en fin de journée, pourvu, bien entendu, que le juge nous ait eu à la bonne. Les honnêtes citoyens sont exclus à jamais de ce monde clos, témoin de tant de drames. Pour preuve, l'odeur de peur et de sueur qui prend à la gorge jusqu'à la nausée, sitôt franchi le seuil de l'ascenseur.

Ce matin, Emma n'aura pas droit au voyage. Face à l'ascenseur, elle tourne à droite et se dirige vers la salle d'audience numéro 1. Pour réparer son oubli de la veille, elle doit trouver au plus vite un avocat. Ce ne sera pas difficile, on ne voit qu'eux. Cravatés, parfumés, une main pleine de dossiers et l'autre posée sur l'épaule d'un pauvre bougre ou d'une mère éplorée, ils sont les requins de cet aquarium. Plus nombreux, les petits poissons se regroupent en bancs sur les bancs, en blocs anonymes qu'on ne remarque pas. Qui sera ou non mangé dans le courant de la journée ne dépend pas d'eux. A-t-on déjà vu une proie décider de son sort ?

Me Barbille n'exerce plus depuis trois ans, et le dernier avocat d'Emma, un petit maigre timoré, laissait toute latitude au procureur, s'excusant presque d'avoir à défendre sa cliente. Emma l'avait mal jugé ; on ne l'y reprendra plus. Aujourd'hui, il lui faut dénicher le caillou de la couronne, l'épine, par conséquent, qui saura s'insinuer dans la chaussure du magistrat de Sa Majesté la reine. Il lui faut un avocat justicier, sans peur et sans reproche. Et tout de suite.

Emma effectue un tri rapide des hommes de loi présents. Pas ce gros chauve imbu de lui-même : sa chemise de soie affiche le taux de ses honoraires. Pas plus que ce jeune homme au regard fuyant qui se demande encore comment il a pu réussir les examens du Barreau. Ah ! En voici un qui semble convenir. Grand, les yeux vifs, costume clair et allure décidée. Un vieil homme à l'attitude modeste le remercie ; des collègues le congratulent en passant. Efficace et peu cher, en déduit Emma. Elle l'aborde, il s'appelle Me Corbeau. Eh oui !

Elle a eu du flair. Un pif d'habituée. Me Corbeau pratique l'aide juridique, il sait écouter, il pose des questions pertinentes et ne regarde pas Emma ailleurs que dans les yeux ; ni plus haut… ni plus bas. Il est parfait.

La cour est en pleine effervescence. Comme au théâtre, assignés et voyeurs se bousculent pour les meilleures places. On se surveille de profil et on accélère le pas pour atteindre le devant de la scène. Une fois assis, on dépose un sac, un livre, n'importe quoi sur le siège d'à côté, comme ça, innocemment, et on toise qui s'en approche. On veut demeurer seul dans son coin.

Emma a joué le jeu et, du fait d'une longue habitude de l'endroit, se retrouve assise au bout de la première rangée, à gauche. Deux mètres la séparent de la guérite où les détenus apparaîtront à tour de rôle.

Serge entre enfin, menotté et encadré par deux policiers. Il voit Emma ; son regard s'allume. Il veut lui sourire, mais ne parvient qu'à grimacer. Dieu seul sait depuis combien d'années Serge n'a pas souri.

Le juge lui refuse une caution que d'ailleurs Emma n'aurait pu payer. Serge sera détenu jusqu'à son procès, dans un mois. D'ici là, il sera incarcéré dans l'aile psychiatrique de la prison de Bordeaux. Me Corbeau n'est pas parvenu à devancer la date de l'audience, mais a réussi à obtenir un transfert immédiat du détenu à la prison. Ainsi, Serge pourra enfin recevoir sa méthadone.

Les yeux injectés de sang, le corps inondé de sueurs, la peau grise, le jeune accusé peut à peine se tenir debout. Tout au long de la mise en accusation, il s'est contenu. On aurait dit qu'elle ne le concernait pas… cinq, sept, dix mandats d'arrestation pour autant de vols… Tant que ça ? Il ne s'en souvient pas. Il s'est contenu donc, mais à peine le juge a-t-il entamé sa péroraison que Serge explose. Il accuse le magistrat de haute trahison, de parjure, de despotisme, de je ne sais quoi encore, et son délire schizophrénique, s'il n'a pas l'heur d'émouvoir le juge qui en a entendu bien d'autres, frappe Emma droit au cœur. Serge n'est plus Serge. Elle craint qu'il ne retrouve plus jamais la raison.

Emma remercie l'avocat qui a été magistral. De son côté, il promet qu'il représentera Serge à son procès. « Il écopera d'un an, au maximum », dit-il pour la consoler.

Le rideau est tombé. Devenu un chemin de traverse peu fréquenté, le corridor risque de perdre Emma qui ne se fond plus dans la foule. Ses jambes mollissent, elle a peur. Bonsecours est infesté de flics. N'est-elle pas recherchée ? Elle se hâte vers la sortie donnant sur la bouche du métro Place-d'Armes. Plus vite elle retrouvera l'air libre, mieux elle se portera. Il y a des heures qu'elle aspire à un demi-point de smack, sa dose de méthadone étant encore insuffisante.

Il lui faut trouver de l'argent, beaucoup d'argent. Que faire et où aller ? Emma voudrait s'allonger là, sur le trottoir, pour ne plus se relever ; laisser le sommeil lui épargner des heures et des heures de combat. C'est impossible, bien sûr. Aller chercher de l'aide ? Repartir à zéro ? C'est ce que lui conseillerait un non-marginal. Mais le drogué, lui, qui vit chaque seconde de sa vie comme si c'était la dernière, n'envisagera pas de demander du secours. En perpétuel état d'alerte, il ne fonctionne que par l'instinct. La méfiance est son principal moyen de survie, comme la démesure en est le moteur. Le junkie ne pense plus comme tout un chacun. Son esprit est un vortex où les idées ne peuvent se regrouper logiquement. Comment peut-il trouver une porte de sortie quand il ne sait plus ce qu'est une porte ?

Alors, Emma retrousse encore plus ses manches qu'elle n'a jamais baissées et reprend le sentier de la guerre. Parce qu'il le faut.

Elle sort du métro Sauvé, jette un regard usé au firmament. Le ciel charrie des nuages, obèses de toutes les peines humaines. Trop gros, trop noirs, trop menaçants, annonciateurs de la fin du monde, dirait-on. Emma frissonne.

Elle a choisi le nord de la ville, où on la connaît peu. Un secteur plus sûr, mais moins fructueux. Il faut faire plusieurs magasins pour amasser une somme *honnête* dans ce coin modeste. Rares, tels des points d'eau dans un désert, les boutiques sont très éloignées les unes des autres. De longues marches en perspective.

Emma perd courage. Déjà, dans le métro, les yeux tournés vers la fenêtre, voyant les stations défiler ainsi que des battements de cœur, elle ressentait l'envie de ne jamais arriver à destination. Repousser l'échéance encore et encore… Et effacer cette solitude portée comme une croix.

Emma est au bord des larmes, à l'image de ces nuages bedonnants sur le point de déverser leurs pleurs sur la ville. Passe une longue silhouette familière, perchée sur des patins à roues alignées. Speedy !

Speedy ! Le gars volubile aux déplacements ultrarapides sur ses engins roulants. Un punk délinquant tel qu'on a plaisir à se l'imaginer : un crâne rasé autour d'une touffe dressée à l'aide d'un fer à repasser et solidifiée avec du spray net. Une crête de coq vert fluo.

Un visage émacié aussi rutilant que l'étalage d'un joaillier ; des anneaux aux sourcils et au nez. Une oreille vierge repose le regard alors que l'autre s'allonge démesurément sous le poids de quatre pendentifs en argent. Chaînes et autres babioles égaient un t-shirt et un bermuda noirs. Ce qui reste de la peau, les tatouages l'habillent. Speedy n'est pas un homme, mais un paysage.

« Eh, Speedy, qu'est-ce que tu fais dans le coin ?

– Aujourd'hui, j'opère sur Chabanel. J'vais faire plein de cash, plein, plein de cash. C'est facile au boutte, ça fait deux fois que j'y vas pis j'me suis pas fait prendre. C'est vrai que moé j'sais comment voler pis... »

Emma subit l'envolée de Speedy en souriant. Les mots sortent de sa bouche comme soufflés par une explosion et se bousculent en un charabia. Le jeune punk respire-t-il seulement, entre deux phrases ?

Un langage et un accoutrement qui portent au rire ou à l'effroi. Il ne faut pas s'y méprendre cependant, Speedy est un voleur et un fraudeur de première catégorie. Un pro. Malgré son surnom, son accoutrement d'arbre de Noël et son exubérance, le punk opère avec calme et efficacité. Il sait aussi se fondre dans une foule.

Speedy cause toujours. Il exhibe une paire de cutters.

« ... des manteaux de cuir, y'en a plein, c'est pour couper les attaches...

– Je peux t'accompagner, Speedy ?

– ... ouais. J'ai toujours besoin d'aide, mais je vais garder les deux tiers du butin parce que...

– OK. Viens, l'autobus arrive. »

Patins aux pieds, Speedy monte les marches avec agilité et se rit du chauffeur qui tourne et retourne la correspondance devant ses yeux comme pour y chercher une anomalie.

« Elle est bonne, ma correspondance, bonhomme ! »

Dans leur coin de bus déserté par les bonnes gens, Emma laisse Speedy délirer tout son soûl. La présence du punk la réconforte. Elle se sent moins seule.

Chabanel sous l'orage. La masse grise des édifices enfonce le sol comme des cernes creusent les yeux. Chabanel est une rue fatiguée ; laide en plein soleil, hideuse et sinistre sous la pluie, elle est le témoin muet du labeur humain pénible et sous-payé. Connue pour ses manufactures de vêtements à bon marché, elle regorge de travailleurs immigrés, à rabais, comme le linge.

Emma halète derrière Speedy. Le gars porte bien son nom. Et il parle, parle. Le voilà déjà devant l'entrepôt… il parle toujours.

« … J'vais les détacher pis t'en prends trois ou quatre et tu vas les planquer derrière le container dans la ruelle, pis tu r'viens en chercher d'autres…

– J'ai compris. »

Dans la grande salle règne une odeur suffocante de tan teintée de cuir. Entre les deux rangées du fond, où paradent les manteaux longs ou courts, Speedy s'active à couper les attaches. Emma s'empare de quelques manteaux et sort par une petite porte de côté. Elle entre et ressort, encore et encore, étourdie. Quelle chance, cette rencontre avec Speedy !

Sur un signe de ce dernier, elle franchit une dernière fois la petite porte et attend dans la ruelle son complice qui surgit en moins de deux.

Emma grimpe sur le container, y plonge, farfouille et choisit quelques sacs qu'elle libère de leur contenu. Elle les lance à Speedy qui y enfouit leur butin. Ils disparaissent, vite fait.

Tout a marché, comme les patins du jeune punk, sur des roulettes. Fatigués et abrutis par leur travail, les employés n'ont pas prêté attention à ce couple pourtant remarquable.

Il n'est pas toujours facile de trouver un taxi, mais, aujourd'hui, tout leur sourit. Le chauffeur, au début un brin méfiant, ne songe bientôt plus à les questionner. Les sacs rebondis et l'excitation joyeuse de ses clients le rassurent : il sera payé. Sa conscience ? Le prix de l'essence n'étrangle-t-il pas le travailleur de la route qui doit gagner sa vie, lui aussi ? Et puis, ce qu'ont pu faire ces jeunes gens ne le regarde pas.

Emma exulte comme chaque fois qu'une opération réussit au-delà de ses espérances. Voler est une drogue en soi. Plus que le butin, plus que le smack, l'adrénaline sécrétée par la peur donne des ailes. Ah ! Si Serge avait été là…

Le receleur de Speedy les attend au coin des rues Amherst et Sainte-Catherine, derrière le volant d'une Dodge Caravan battue par la pluie. Quarante ans, pas de cou, la mine patibulaire. À ne pas rencontrer à trois heures du matin dans une ruelle, tant il putanise Emma du regard. Il bave presque autant de convoitise à la vue des manteaux apportés. Un coup d'œil lui suffit pour évaluer la valeur de la marchandise. Ses grosses mains baguées plongent dans un portefeuille garni et en sortent une liasse de billets qu'il tend au jeune punk.

« C'est du bon travail, mon gars. Et elle... elle travaille avec toi ?

– Ouais, mais j'pense pas que t'aies ta chance avec elle parce que...

– J'pourrais t'éviter de voler, la belle...

– Va te faire foutre ! »

Ils sont déjà loin qu'elle et Speedy rient encore. La mine scandalisée du receleur ! Comme si c'était elle qui lui avait fait une proposition malhonnête ! Rouge presque fluo, comme pour concurrencer le jeune voleur, il étranglait des mots qui mouraient avant de franchir ses lèvres.

Ruisselants, les deux jeunes gens ont hâte d'aller chacun de leur côté, vaquer à leurs vices. Speedy consomme de la coke, du smack et des dilaudids ; il ne bénéficie pas encore du programme de méthadone et c'est donc lui qui se montre le plus pressé. Il remet le tiers de la recette à Emma, empoche le reste et lui donne rendez-vous pour le lendemain. Ce sera rue Beaubien. Ceci entendu, le jeune homme déguerpit, véritable éclair à roulettes. Emma le regarde s'éloigner et son ventre se trémousse de rire. La pluie taquine rabat la fière crête de coq sur les joues du punk, ce qui a pour effet de lui flétrir le panache. Il n'en cause pas moins pour autant, puisque sa bouche continue à s'ouvrir et à se refermer. Speedy se parle.

Après son départ, Emma hèle un taxi : huit cents dollars ouvrent des horizons illimités à la junkie. D'autant plus qu'elle n'a aucune notion d'économie et de prudence.

Majestueuse, le regard fier, Emma fait attendre le chauffeur devant la prison de Bordeaux où elle dépose cent dollars pour la cantine de Serge. Une reine! La mine ahurie des gardiens devant cette carcasse boueuse qui les regarde de haut!

Emma a donné vingt dollars de pourboire au chauffeur qui l'a laissée devant chez Jos: noblesse oblige! Cette fois, elle ne baisse pas la tête lorsque le visage méfiant et déjà accusateur du pusher apparaît dans la porte. Elle le regarde droit dans les yeux et l'autre comprend vite qu'elle a de quoi payer. On ne cache pas longtemps ces choses à un dealer.

Vite, il débarrasse la table des couverts sales et y dépose l'ustensile de cuisson. À la vue des billets qu'Emma compte devant lui, ses yeux s'ouvrent comme des tiroirs-caisses. Il tire même une chaise à Madame.

« Je te rembourse ce que je te dois, soit quatre cents dollars, et en voici deux cents de plus pour acheter du smack. J'ai volé avec Speedy. Il me prend comme partenaire pour ses opérations à venir. »

Comme tout dealer qui voit à ses affaires, Jos connaît Speedy de réputation. Il est impressionné; il réfléchit. Eh oui! ça lui arrive parfois. Il lui arrive même de prendre une décision.

« Tu peux habiter un temps ici, si tu veux... en payant une petite pension... ça va faire plaisir à Tatou pis c'est pratique d'habiter chez son pusher. »

Magnanime, il ajoute:

« J'vais réveiller Tatou. C'est moi qui t'offre le smack, ce soir, OK? On va fêter. »

Emma a un gîte, elle a rétabli de bons rapports avec son dealer; elle est satisfaite. Seule fausse note, Jos n'a pas pris des nouvelles de Serge.

7

Le junkie est un équilibriste que guette la chute. À la moindre brise, le fil s'agite ; commet-il une petite erreur, l'abîme le dévore. Surviennent parfois des périodes bénies où il progresse sans à-coup et si facilement qu'il en oublie le vide qui l'entoure, comme le fait Emma depuis qu'elle crèche chez Jos, en fait, depuis le début de son association il y a déjà deux semaines avec Speedy, le punk qui parle plus vite que son ombre.

Une association qui lui rapporte gros. Heureusement, car elle a de grands besoins.

Elle veille à ce que Serge reçoive régulièrement de l'argent pour sa cantine. Entre les murs, un « pourvu » jouit de douceurs qui non seulement lui rendent l'incarcération plus confortable, mais aussi lui permettent d'acheter le respect des autres prisonniers. « Tu veux une cigarette, mon vieux ? » Une offrande qui, répétée régulièrement, et aux bonnes personnes, vous confère le statut d'intouchable. Serge est si vulnérable, le système si impitoyable.

Emma paie aussi grassement pension à Jos et, deux fois déjà, lui a fait cadeau, ainsi qu'à Tatou, de vêtements pigés dans le lot volé quotidiennement dans les ateliers et entrepôts de la rue Chabanel puis, une fois ceux-ci « brûlés », dans ceux des rues Jean-Talon et Sainte-Catherine et du boulevard Saint-Laurent. Montréal est une grande ville. S'étant ainsi acquis la considération de ses locateurs, Emma jouit pour l'instant d'un asile confortable entre deux escapades.

Comme chaque nuit, elle a dormi sur le divan du salon. Le temps est gris aujourd'hui. Elle s'étire, se lève, enfile un peignoir, s'offre une petite injection pour bien partir la journée.

Assise à la table à manger, confortée par l'héro, Emma savoure le silence douillet du loft. Il n'est que huit heures, Speedy peut donc l'attendre encore un peu. Tatou dort toujours. Jos est parti à l'aube : une rencontre avec son fournisseur qui revient de l'étranger avec un chargement d'héroïne. Dans un demi-sommeil, Emma l'a entendu tousser, puis a perçu le bruit de la porte qu'il refermait.

Ce logement pue le petit-bourgeois. Les meubles, les tableaux, les bibelots agressent l'œil. Tous hors de prix. Un étalage qui prostitue le bon goût. Tout est adéquatement rangé, les factures et reçus soigneusement classés dans une chemise verte déposée sur la tablette d'un petit secrétaire vert, enluminé de chinoiseries rouges et or et pompeusement baptisé « bureau de Jos ». Le plancher affiche une propreté de Pharisien. On pourrait manger dessus ; là où il est libre, bien entendu, car le loft regorge de ces gadgets de parvenu que Jos s'entête à acheter et qui ne lui sont d'aucune utilité.

L'image que Jos se fait de lui-même est on ne peut plus paradoxale, vu son « travail » et son genre de vie. Vendre de la drogue est pour lui un boulot comme un autre et s'injecter de l'héroïne, une activité sociale, au même titre que prendre un verre en bonne compagnie. Si on ne tient pas compte de la nature de son trafic, il mène une vie conformiste dans un appartement bourgeois ; il se déplace dans une automobile neuve, tel un bourgeois à l'aise, se lève et se couche tôt, comme tout bourgeois conscient que le temps c'est de l'argent et le sommeil, de la santé. Jos n'endure pas le bruit, respecte ses voisins et considère les assistés sociaux, les gamblers, les drogués, les prostituées et les criminels de tout acabit comme des déchets de la société. Quand Jos se regarde dans un miroir, il voit un bon citoyen dont le seul vice est parfaitement contrôlé. Qui n'en a pas, de vice ? Et puis, l'héroïne qu'il consomme, ne la paie-t-il pas avec le fruit de son travail ? Il ne vole pas, lui.

Emma ne le comprend pas. Par aversion pour les règles de la société qu'elle trouve hypocrites, elle a choisi la marginalité et ne s'imagine pas autrement qu'en marginale. Elle ne se cache pas sa dépendance à l'héroïne et sait bien qu'elle vole pour subvenir à ses besoins. Elle ne se prend pas pour un Robin des Bois féminin et moderne. Elle vole et se voit en voleuse ; elle assume. Jos agit en voyou mais aspire à la respectabilité. Emma se rebelle et n'envisage pas une seconde de joindre les rangs ; Jos, lui, aimerait se fondre dans le troupeau de l'élite argentée.

Ce qui humanise Jos, c'est son amour pour Tatou. Un amour partagé qui parfume leur demeure, atténue le clinquant qui en devient presque beau, rend les lieux agréables à vivre en tout cas. N'est-ce pas l'essentiel ? Emma en oublie le vide intellectuel et spirituel de ses occupants.

Elle sirote un café, regarde par la fenêtre. Il pleut. Montréal boit la pluie à pleines tasses et se saoule de tristesse. Une pluie lourde qui tombe, épaisse comme de la mélasse, et qui transforme le mois d'août en une mare de boue.

Bon ! Assez traînassé. Au boulot ! Elle boit d'un trait ce qui reste de café et quitte la table.

Au restaurant Rapido, rue Saint-Denis, les clients dévisagent Emma avec méfiance alors qu'elle s'attable en face d'un gars aussi vert de teint que de cheveux. Au-dessus d'une tasse de café noir et d'un sandwich au fromage, Speedy exhibe un visage malade, perlé de sueurs. À peine a-t-elle pris place qu'il lui demande :

« Tu peux me prêter trente dollars ? Il me faut absolument mon hit pour pouvoir travailler. J'vais te les remettre ce soir. »

Pour endiguer le flot de supplications éventuel, Emma lui tend vite l'argent. Elle ne risque rien : Speedy est un pro qui toujours rembourse. Riche comme Crésus en fin d'après-midi, pauvre comme Job le matin suivant, tel est le karma quotidien du punk. Car entre les deux moments, il y a la coke, la plus onéreuse des drogues. Elle vous ruine son homme en un tour de main. Les matins trouvent Speedy à sec, sans le moindre sou pour se procurer la dose de smack indispensable à son corps dépendant.

Un drôle de gars que ce Speedy à qui on ne connaît aucune compagne attitrée. Les junkies l'admirent pour ses vols parés d'audace et ses mirobolants butins, mais personne n'est son ami. C'est un solitaire qui se suffit à lui-même. Son association avec Emma est strictement utilitaire et mesurée dans le temps. Ce que fait sa compagne en dehors de leur boulot commun ne l'intéresse en rien. Qu'elle se taise et l'écoute ! Le conteur, c'est lui. Un conteur si doué qu'on lui pardonne son indifférence à tout ce qui n'est pas lui-même.

Le voilà qui se lève.

« Viens, Emma. Avant d'opérer, faut que j'aille coper chez Costa. Tu sais : celui qu'on appelle le Sasquash. Tu en as sûrement entendu parler.

– Connais pas.

– T'es plus out que je pensais. Il est temps de te déniaiser. Sa piquerie vaut le coup d'œil. Un vrai musée des horreurs. On devrait la faire visiter aux touristes, ça mettrait Montréal sur la map. »

Ceci dit, Speedy fait un 360 degrés sur ses roues puis s'incline devant Emma.

« Voulez-vous bien payer la facture, Mademoiselle ? »

La fameuse piaule du Sasquash, rue Saint-Denis, se trouve à deux pas du Rapido. Une cave sombre, basse de plafond, où un drap masque l'unique fenêtre. Quelques minces filets de lumière y pénètrent et tentent d'éclairer la pièce. Piètre succès. On devine des corps gisant sur le plancher ; un tapis de peaux humaines avec, çà et là, des trous où l'on peut mettre le pied. On les dirait morts. Et l'odeur ! À faire évanouir tout junkie non prévenu. Un sinistre tableau : l'atmosphère du *Café de nuit* de Van Gogh, mais la lumière sombre des *Mangeurs de pommes de terre* du même peintre. Encore heureux que les recoins de la piquerie soient plongés dans le noir. Dieu sait ce qu'on y verrait.

Parmi les gisants est assis un Bouddha enveloppé de graisse. Blême et immense, il jette sur les arrivants le regard du prédateur. Marlon Brando dans *Apocalypse Now*.

En habitué des lieux, Speedy inonde le pachyderme de suppliantes et serviles implorations. Il dépose l'argent sur les genoux du monstre, comme on offre un sacrifice, pour qu'enfin l'obèse manifeste quelque signe d'intérêt.

« Je suis très malade, Costa... File-moi un demi-point... J'ai trente dollars... Non, attends... Je sais que je te dois beaucoup plus, mais pour te rembourser, faut que je sois en forme, tu comprends ? Et pour être en forme... S'il te plaît. »

Quelques grognements simiesques... et le pusher saisit enfin un sac de plastique aplati entre ses cuisses humides. Lentement, comme si chaque geste devait lui coûter son dernier souffle, Costa s'emploie à doser la poudre à l'aide d'une pesette. Un exploit, vu la pénombre ambiante.

Speedy, si volubile voilà peu, tient sa langue maintenant ; il brûle d'impatience de battre impatiemment des roulettes sur le sol. Un mot, un geste de trop, et l'obèse remballerait sa drogue subito presto. Le jeune punk se comporte donc avec la même prudence qu'un spécialiste désamorçant une charge explosive. Il se tait et sue.

Emma ose à peine respirer. Les mains moites, le corps tremblant, elle se jure de présenter Speedy à Jos. L'ancien intervenant est tout de même moins terrifiant. Et ce trou ! Emma n'a jamais rien vu de plus abject. « Ne va pas dans une piquerie », lui conseillait Jean-Marie. Aujourd'hui, elle comprend pourquoi.

Comble de l'horreur, voilà Speedy qui s'injecte maintenant avec une seringue ramassée entre deux corps. Emma n'en peut supporter davantage, se rue à l'extérieur et vomit dans la première poubelle rencontrée.

« Qu'est-ce que t'as ? »

Le punk l'a rejointe. Il s'étonne de la voir si bouleversée.

« C'est pas possible ! On dirait l'antichambre de l'enfer. Et toi ! Es-tu fou ? Tu sais bien qu'il faut toujours utiliser une seringue neuve. »

Speedy hausse les épaules.

« Depuis des années que tu fais de l'héro et t'as jamais mis les pieds dans une piquerie ? T'as sans doute la chance d'avoir de bons contacts, mais les bons contacts ne durent pas éternellement, tu sais. Un jour ou l'autre, tu devras faire affaire avec des Costa.

– J'vais te présenter à mon pusher.

– J'en ai pas besoin. J'ai un autre gars qui me fournit mon smack le soir. Y vend au bar de Bob, le receleur. C'est juste que c'est pas ouvert le matin. Pis, pour ce qui est de la seringue, dis-toi que les maladies ont peur de moi. »

Quelle insouciance ! Emma est sidérée. Elle, la marginale, avait jusqu'ici toujours vécu à l'écart du type de marginaux qu'elle vient de rencontrer, des marginaux du troisième cercle, pour paraphraser Soljenitsyne. La seule idée d'attraper le sida ou quelque autre maladie de ce type lui fout le froid aux veines. Speedy, lui, semble s'en foutre royalement. Pour lui, sida ou rhume, c'est du pareil au même.

Emma va tancer Speedy, puis se retient. Ça ne servirait à rien. Détrempé et hilare, le punk plane déjà si haut que nulle parole moralisatrice et salvatrice ne saurait l'atteindre. Les années passées auprès de Serge et Jean-Marie apparaissent maintenant à la jeune fille comme bénies des dieux. La drogue, oui… mais pas à ce prix.

Ils repartent et prennent la direction du palais de justice où Emma doit se refaire une identité. La jeune femme reste songe et silence dans le sillage du punk. Les rues empruntées sont autant de lignes de pensée où elle s'attarde. Elle ne tente pas, comme à son habitude, de placer quelques mots entre les phrases de son compagnon. Speedy, dont l'art premier consiste à monopoliser l'air et l'attention, ne s'en aperçoit pas.

Sachant qu'Emma est recherchée et qu'elle a besoin d'une nouvelle identité, Speedy a dégotté, allez savoir où et comment, le pedigree complet d'une jeune femme vierge de tout dossier judiciaire. Tous les renseignements nécessaires à l'obtention d'un extrait de naissance ; paroisse natale, noms et prénoms des parents, du parrain et de la marraine, Speedy les a notés sur un bout de papier et Emma les a mémorisés.

« Pourquoi n'as-tu pas simplement dérobé une carte d'identité ? lui a-t-elle demandé. Ç'aurait été moins compliqué.

– Parce que la victime aurait rapporté le vol. Et puis, tu vois le problème, lors d'une vérification policière… à cause de la photo. Avec ma méthode, tu gagnes du temps. Malheureusement, rien ne dure. Après plusieurs promesses de comparaître non respectées de ta part, tu comprends bien que les flics vont se pointer chez celle dont tu auras usurpé l'identité. Il n'y a pas une chance sur mille qu'ils prennent sa binette pour la tienne. Mais t'auras été tranquille quelque temps. Le problème, c'est que plusieurs *bœufs* te connaissent déjà. Avec ceux-là, ça ne marchera pas. Essaie de ne pas tomber sur eux.

– Je vais plutôt faire en sorte qu'eux ne tombent pas sur moi. »

Emma a largement payé Speedy pour le service rendu. Elle s'assure ainsi d'un sursis et pourra rendre visite à Serge. De plus, le répit gagné lui permettra de reprendre pied et de se munir d'une bonne défense lorsque, inéluctablement, elle devra faire face à la justice. Assurée à ce moment-là de sa pleine dose de méthadone, elle pourra faire le ménage dans sa vie.

Au rez-de-chaussée du palais de justice, Emma a obtenu son nouvel extrait de naissance. Elle s'est fait photographier dans un Jean Coutu, a rempli le formulaire d'assurance-maladie et l'a même posté, donnant comme adresse de retour celle de Jos. Qu'arrive la carte au plus sacrant ! D'ici là, le baptistaire devrait suffire. En principe, les policiers exigent deux pièces d'identité, mais se montrent la plupart du temps plus coulants quand il s'agit d'un simple vol sans violence. Et puis, elle n'a qu'à redoubler de prudence. Surtout, ne pas se faire prendre dans un proche avenir, car le temps joue pour elle.

En après-midi, le vol réussi de plusieurs cuirs dans un entrepôt de la rue Jean-Talon a refleuri le moral d'Emma. De l'horreur du matin, elle ne ressent plus rien. La piquerie de Costa s'est transformée en un décor de théâtre pour tragédie grecque. Vivre vraiment, n'est-ce pas participer aux actes sombres joués dans la vérité d'un milieu et en affronter les dangers plutôt que de passer son temps à se regarder le nombril et à économiser ses heures ?

Les poumons d'Emma aspirent un air tonifiant, carburant pour les folies à venir. Curieuse et avide d'expériences nouvelles, la jeune femme veut accompagner Speedy boulevard Saint-Laurent, au bar de danseuses où il a rendez-vous avec Bob, son receleur.

« Écoute, Emma… J'ai pas envie de te voir sortir en courant du bar parce que tu ne supportes pas l'endroit. Rappelle-toi ce matin. »

Il a raison, mais comment pourrait-elle lui expliquer son besoin de se tremper dans les marécages pour en absorber toute la boue ? Le jour viendra où elle vomira ce qu'elle a vu, telle une éponge que l'on presse.

« Je vais entrer au bar avec toi, Speedy.

– Y'a un restaurant pas loin du bar, Emma. Attends-moi là en prenant un café. Bob va encore te faire de sales propositions. Le bar lui appartient, tu ne seras pas en territoire neutre, mais sur le sien. Tu comprends qu'il va se faire drôlement insistant. On est toujours plus en confiance quand on est chez soi.

– Je suis assez grande pour me défendre. Ne m'as-tu pas dit que ton pusher y serait aussi ? Je veux essayer son smack. Celui de Jos n'est pas de bonne qualité, ces temps-ci.

– C'est toi qui décides. Bob est de mauvaise humeur aujourd'hui. Il peut essayer de la passer sur toi. Il a des problèmes avec son gérant, un grand blond qui pige dans la caisse et tripote les filles gratuitement. Il lui règle son compte ce soir. C'est pour ça qu'il ne voulait pas me voir avant demain. Je me suis pratiquement mis à genoux pour qu'il accepte d'acheter mon stock aujourd'hui. Comme il doit surveiller son employé, il faut faire la transaction au bar et ça, c'est dangereux pour lui. Imagine que les flics se pointent. Bon ! J'ai pu enfin lui forcer la main, au Bob. Si ça lui cause des problèmes, tu peux être sûre qu'il me le fera payer. Et toi aussi, tant qu'à y être.

– Je n'ai jamais refusé de payer. Et puis, peut-être que ce sera gratuit. »

8

Une Dodge Caravan est stationnée près de l'entrée qu'un doigt en néon pointerait par intervalles si ce n'était que le courant n'y passe plus depuis belle lurette. Une pauvre enseigne se balance dans le vent en poussant des petits cris : *Le harem à Bob*, annonce-t-elle à celui qui a bonne vue. Les autres clients peuvent toujours se guider en flairant les relents de bière qui fuient par la porte entrouverte.

Des clients qui, à bien y penser, trouveraient l'endroit les yeux fermés et le nez bouché, car Bob gère un bar d'habitués. Pour tout dire, les inconnus n'y sont pas les bienvenus. On se méfie des nerds, les flics en civil. C'est qu'il se brasse des affaires dans *Le harem à Bob*, des petites et grosses affaires qu'on ne tient pas à étaler au grand jour. Un étranger entre-t-il par mégarde, histoire de prendre un verre ou deux, on fait en sorte qu'il ne revienne pas. On ne le sert qu'après une longue attente, on échange à haute voix des propos déplaisants sur son physique, on rit dans son dos, on le regarde de travers, on le frôle… Habituellement, le gars détale bien avant d'avoir vidé son verre et souvent en laissant un gros pourboire. Des fois qu'on le suivrait…

Ils sont huit ce soir-là, des habitués, à reluquer la fille qui se trémousse sur une sorte d'estrade en bois mal raboté et non verni. Elle trébuche parfois, et on entend quelques rires. Elle se contente d'émettre un petit cri, comme l'enseigne. Est-elle belle ? Peu importe, puisqu'on n'y voit guère. Elle est longue en tout cas, et maigre, quoique viandée là où ça compte. Comme une cordelette lui passe entre les cuisses, on ne peut pas dire que c'est une danseuse nue.

La fille se dandine donc, sur du disco et son estrade ; les deux serveuses aussi, entre les dix tables nappées or et noir. Le barman pianote sur le comptoir. Selon les critères du lieu, l'établissement est plein de clients et d'entrain.

Ils entrent. Speedy, ça va, on le connaît, mais Emma ? Des regards méfiants se posent sur l'intruse. D'autres la fusillent.

« On va leur en mettre plein la vue, chuchote Speedy. Monte sur mes patins. »

Elle pose ses pieds sur ceux de Speedy, lui enserre les épaules, et le danseur androgyne zigzague entre les tables, une main sur la taille d'Emma. Il valse, tournique, tournicote, virevolte, frôle la porte d'entrée, puis traverse la salle sur un seul patin et fend le rideau de bambou qui la départage de l'arrière-pièce. Les regards retournent à la danseuse.

L'arrière-salle est grande, autant que le bar, en fait. Dans un coin, un paravent isole un espace qui sert de cabine d'habillage aux danseuses, souvent pudiques lorsqu'elles ne sont pas sur scène. Le long d'un mur, un sofa miteux révèle sa sordide utilité. Au centre : une table et quatre chaises. Sur la table, une vitre tachée de graisse ;

sur la vitre, des verres souillés, des cendriers qui débordent, des billets de dix et de vingt; sur les chaises, quatre hommes pas trop sales d'apparence quoiqu'on n'en puisse dire autant de leur conscience. Ça se voit à leurs yeux qui balaient sans arrêt l'espace environnant, mais jamais ne s'arrêtent pour regarder droit devant eux. Ils tiennent leurs cartes de la même façon qu'on serre un cou. Bagué comme c'est pas possible, ses vêtements aussi sertis que la devanture d'un joaillier, Bob fait partie du lot. Soufflant, suant, il lance à la cantonade:

« *Full house!*

– *Straight flush!*

– Maudit mardeux! »

Le receleur jette rageusement ses cartes sur la table. Il aperçoit le couple. Son œil devient vicieux, puis tourne à l'arrogance lorsqu'il quitte Emma pour se poser sur Speedy. Sans un geste de reconnaissance, sans un mot, il retourne à sa *game*. C'est à son tour de brasser et de distribuer.

« Faut attendre la fin de la partie, chuchote Speedy. »

Ils restent donc là, debout, faisant semblant de trouver le jeu passionnant et les commentaires émis pertinents. La conversation porte maintenant sur la politique. Bob, qui jamais n'ouvre un livre ou un journal, ni ne condescend à écouter l'opinion d'un expert, formule ses diagnostics sur l'état du monde.

« Les Arabes? Y'en a pas un de correct. Tous des tueurs. Bush a ben fait' de leur rentrer dedans. Savez-vous pourquoi y'a de plus en plus d'armes dans le monde? Parce que les Arabes font plein d'enfants qui sont des bombes ambulantes.

– Voyons donc... »

Un coup de roulettes sur le pied d'Emma lui ordonne de se clore le bec.

« Ha ! Ha ! T'as quelque chose à dire à propos des Arabes, la belle ? Comme si les femmes s'y connaissaient là-dedans. Y'a pas que les Arabes qui en ont, tu sais. Je peux te la montrer, si tu veux. »

Emma rage, mais retient son indignation. Le peu qu'elle sait du receleur lui a appris que le gars a fini par perdre la raison à force de toujours vouloir avoir raison. Ce n'est pas tant l'étroitesse d'esprit de l'homme ou la vulgarité de ses propos qui la choque – elle en a entendu bien d'autres – que cet entêtement à prétendre détenir la vérité. Pour Bob, le monde gravite autour du *Harem à Bob*. Le livre de la Sagesse, c'est lui qui aurait dû l'écrire. Amorcer un échange avec un abruti de cet acabit, c'est se condamner à entendre des inepties. « Tu viens encore une fois d'ouvrir ta grande gueule avant d'avoir réfléchi, qu'elle se dit. Laisse parler Speedy. Aucun danger que ça vire à la politique. »

Emma laisse donc à Speedy le soin d'amuser la galerie. Le gars raconte leur dernier vol. Plus qu'un récit, c'est une saga qui sort de sa bouche. Il colore les lieux et les personnes, enrichit les faits, en crée d'autres de toutes pièces. Et ce qu'il raconte fait si vrai qu'Emma en vient à douter de ses souvenirs. *Game* de poker en suspens, on l'écoute avec attention.

Sauf un des joueurs, un grand blond à face de fille. Il est en sueur et a la tête ailleurs. C'est le gérant tripoteur, celui à qui on va régler le compte, tout à l'heure.

Bob et les deux autres sont bruns de peau et de cheveux. Le même embonpoint de mauvaise graisse, la même mine patibulaire, le même goût pour le vulgaire et le clinquant. On dirait des frères.

Le temps s'écoule, si lentement que la minute en gagne du poids et l'heure, de la durée. Speedy a ralenti son débit et les joueurs ont poursuivi leur partie. Ils viennent d'en entamer une autre. Les deux complices échangent de fréquents coups d'œil. Ils sont fiévreux, au bord du manque. Pas question de bousculer Bob, cependant.

Entre une danseuse qui demande timidement à Bob son enveloppe de paye. Ouf! Le receleur va enfin interrompre son jeu…

« Veux-tu bien attendre que j'aille te la donner, ta crisse d'argent. Tu fais exprès pour me déconcentrer, salope…

– Mais Bob, tu m'as dit de passer ce soir, à huit heures. Il *est* huit heures. C'est mon seul soir de congé et mon copain m'attend au restaurant.

– Qu'il attende! Pis toi, ferme ta gueule. J'vas te payer après ma *game*. T'attends ou ben tu sacres ton camp! »

La jeune femme s'écrase sur le sofa, les joues mouillées. Emma se met à haïr ce Bob qui fait attendre tout le monde pour satisfaire ses penchants, ce tyran qui traite ses employées comme des chiennes.

Et ces deux téteux qui ricanent entre eux! Tout en tapes dans le dos et propos mielleux pour leur Bob. Un chef que ce Bob; un chef à poigne, qui vient de décider qu'il a assez joué.

« J'ai encore gagné, les gars. Dommage, j'ai des affaires à brasser. Autrement, vous auriez pu vous rattraper. Marco… tu me dois trois cents dollars. J'les veux demain matin.

– Pas de problème, Bob. À demain... Pat et moi, on emmène Claude pour une balade. On va lui montrer la ville jusqu'à ce qu'il sache où trouver de l'argent. Inquiète-toi pas : y va cracher tout le fric qu'y t'a volé depuis deux mois... et pis celui qu'y'a perdu à soir. Ça va te faire un gros paquet, Bob. Tu viens, Claude ? Bouge ton cul. »

Les yeux au sol, la nuque en sueur, le grand blond se lève et s'approche de Marco qui lui prend un bras pendant que Pat s'occupe de l'autre. On dirait deux infirmiers escortant un blessé. Tout à l'heure il y aura vraiment un blessé, mais pas d'infirmiers.

La danseuse fait mine de se lever.

« Attends encore un peu, Lulu, j'ai d'autres affaires à régler. J'ai une idée... Pendant que je m'occupe de ces deux-là, tu vas enfiler les patins de Speedy. Speedy, passe tes patins à la dame, une minute. »

Pendant que le punk s'exécute, Bob inspecte le butin. Ceci fait, il va chercher le barman et deux clients. Il leur montre le stock.

« Tu vas acheter ce manteau, Jules, hein ? Et toi, Ernest, qu'est-ce que tu penses de cette robe en cuir pour ta Rebecca ? »

Après leur avoir arraché la promesse d'acheter plusieurs morceaux – ils n'avaient pourtant pas l'air d'en avoir envie –, Bob reconduit clients et barman puis entraîne Emma et Speedy dans un coin où il leur offre moins de trente pour cent de la valeur marchande des cuirs.

En manque depuis déjà un bon bout de temps, les deux voleurs acceptent sans discuter même s'ils viennent de voir Bob vendre quelques vêtements deux fois plus cher que ce qu'il va payer pour la totalité du lot.

« Regardez comme Lulu a l'air sexy sur des patins à roulettes. C'est entendu. J'vais acheter des patins pour mes danseuses. Elles vont être belles là-dessus, toutes nues. Tu peux m'en avoir une couple de paires, Speedy ? Pour demain ? »

Lulu est au bord de la crise de nerfs ; elle lorgne sa montre comme un naufragé le navire qui approche.

« Ton idée est géniale, Bob, s'exclame Speedy, pressé d'en finir. J'vais essayer de t'en apporter d'ici quelques jours. J'sais où en voler. »

Le gros Bob se frotte les mains et, pendant que Speedy rechausse ses patins, il tourne vers Emma son visage de porc.

« Tu restes avec moi, la p'tite ?

– Non, balbutie-t-elle, maîtrisant sa rage.

– C'est pas grave, Lulu va rester avec moi. Hein, Lulu ? Laisse tomber ton chum… »

Emma et Speedy s'éclipsent, sans entendre la suite. Ils s'arrêtent à une table où Besseth, le pusher obèse de Speedy, somnole, la tête entre deux « grosses ». Le gars se réveille, Speedy paie, le smack passe de main en main. Emma aussi en achète – deux grammes –, histoire d'en vérifier la qualité. Emma et Speedy se séparent sur le trottoir. Éreintés et malades comme des bêtes, ils n'aspirent plus qu'au shoot et au repos.

Il y a déjà belle lurette que Speedy a disparu sous la pluie. Emma, elle, espère toujours le passage d'un taxi. Elle n'ose pas retourner au bar pour en appeler un. Plutôt crever !

Le soir, la pluie ; des lambeaux de souvenirs montent de l'enfance. Emma revient de l'école, d'une cour de gym. Un temps de fin novembre. Les arbres dénudés égratignent un ciel d'ardoise. Un grand chien noir la suit, il marche tout de travers. Pluie, parapluie, poésie.

Une masse informe sort du bar et passe devant elle. C'est Besseth. Adieu la poésie ; ne reste que la pluie. Surgit un taxi qui veut bien s'arrêter. Emma s'y engouffre avec gratitude. Direction le loft, et vite !

La porte s'ouvre sur une Tatou pour une fois habillée et réveillée ; ses grands yeux fixent l'arrivante. Emma se fige devant la beauté de ces yeux habituellement dissimulés sous un sfumato aussi opaque qu'une porte blindée. Elle semble sobre. Étrange.

« Jos n'est pas là ?

– Non. Il n'est pas revenu. »

Emma s'écrase sur une chaise et prépare son injection. Elle n'aspire plus qu'à l'engourdissement bienfaiteur et à l'oubli de la dure journée.

« Jos n'a même pas appelé. Ce n'est pas normal. »

Tatou frotte convulsivement ses mains l'une contre l'autre. L'absence de Jos signifie qu'elle n'a pas fait d'héro de la journée, puisqu'il n'y en avait plus ce matin dans la maison. Non pas que l'ex-danseuse soit en manque. Elle a pris sa méthadone et quelques dilaudids, mais le rituel du smack est tel que Tatou ne se sent pas bien. Pour l'apaiser, Emma lui offre un peu de poudre.

« Oh ! Merci beaucoup, Emma… Au fait, Serge a téléphoné à frais virés de Bordeaux… »

Le visage d'Emma s'illumine comme si le soleil s'y levait.

« Il est en pleine crise, tu sais… Il ne veut pas que tu viennes le voir, même si t'as une nouvelle identité… Il ne t'a pas inscrite sur la liste des visites. Il croit qu'on est tous ligués contre lui : Jos, toi et moi… Enfin, tu vois dans quel état il est… Je suis désolée, Emma. »

La belle voix de Tatou, immatérielle comme toujours, a cloué sans le vouloir le triste bilan d'une journée déjà sombre dans le cœur d'Emma.

« Dis, Tatou, tu crois que Serge va rappeler ?

– Je ne sais pas… Mon Dieu ! Si Jos pouvait donc arriver… »

9

Jos est finalement entré ce matin, aux petites heures. Emma l'a entendu tousser. Il a rejoint Tatou derrière le paravent qui abrite leur intimité. Sur la pointe des pieds… une délicatesse qui ne lui est pas coutumière. C'est en fanfare qu'il rentre d'habitude, claironnant les péripéties de sa journée où toujours il a tenu le beau rôle.

Emma a attendu en vain qu'il sorte du coin chambre pour lui acheter sa dose journalière de smack. À l'ordinaire, quelle que soit l'heure, dès son retour, il glisse un sachet de poudre dans une main de sa locataire en même temps qu'il s'empare de l'argent qu'elle lui tend de l'autre. Un rituel immuable qui apaise l'avidité de Jos. Emma est une cliente sûre qui paie rubis sur l'ongle. Ah ! Luxe, calme… et volupté une fois qu'il a rejoint Tatou, une couche-tôt.

Cette nuit, ils ont longtemps chuchoté derrière le paravent. Des propos non saisis par Emma, mais des intonations aux antipodes de la volupté.

La jeune femme ouvre l'œil ; elle a mal dormi. L'aube avance, tachée de nuit et d'horizons crasseux. Temps chaud et taux humidex élevé. Comme une serviette mouillée plaquée sur un ventre, l'aurore écrase le corps, le cloue au lit. Et si, aux prises avec cette lourdeur, la plupart des gens sillonnent encore les méandres d'un cauchemar, Emma, elle, est bien réveillée.

Elle ressent un début de manque, mais il lui reste un peu de poudre achetée la veille à Besseth, le pusher de Speedy. Elle lui sert de petit-déjeuner.

Affalée sur le sofa, calée contre un coussin, elle n'ose pas ouvrir le téléviseur. Ils dorment encore. Lire ? Jos a bien une bibliothèque, mais elle sert à ranger les bibelots kitch qu'il apporte à Tatou. Les pensées d'Emma, inexorablement, tournent autour de Serge. Comme elle ne veut pas avoir mal, elle puise dans des souvenirs heureux pour s'en divertir. Ainsi passe-t-elle le temps en attendant le réveil du pusher.

Elle se revoit en Haïti, en juillet 1988, lors du coup d'État où le général Namphy a renversé le président Manigat.

Un grand quotidien montréalais a demandé à Carlitos de couvrir l'événement. Carlitos est photographe, et non reporter. Il s'est donc adjoint Jean-Marie, son ami, le prof encore célèbre, libre tout l'été. Emma les accompagne. C'est son premier vrai voyage. Le peuple est en liesse ; la jeune femme exulte. Imaginez : une rebelle plongée en pleine révolution ! Le plus beau temps de sa vie ! Ah ! S'oublier pour d'autres et pour une juste cause.

Elle est Kroupskaïa, la fidèle compagne de Lénine ; mieux encore, elle se voit en Rosa Luxembourg et peu importe qu'une balle perdue mette fin à son délire. Vivre dangereusement ou mourir, voilà ce qu'elle désire.

Son Jean-Marie, ce philosophe de gauche, fervent défenseur de la liberté et de l'égalité, a participé à toutes les tentatives de sortir Haïti de l'enfer dictatorial. Son Prince a même fait la guérilla durant le règne de Duvalier fils, surnommé Baby Doc.

Désespéré de convaincre sa famille millionnaire qu'il était horrible de vivre sur le dos des misérables, il avait fui le luxe de Pétionville pour les bouges de Port-au-Prince, où, de tout temps, couvent toutes les révoltes.

Bien sûr, il se droguait alors ; il s'est toujours drogué. Entre deux discours, deux manifestations, deux échauffourées, il reposait son esprit dans les draps de l'héroïne comme d'autres le font dans le lit du rhum.

Lors de ce fameux voyage, alors que leur réserve de brown sugar commençait dangereusement à diminuer, le couple a fait une découverte salvatrice. Un vrai miracle ! À Ti-Goave, une banlieue pauvre de la capitale, dans une triste masure qui servait de dépanneur et de pharmacie, ils ont déniché sept ampoules de morphine dans une boîte poussiéreuse. Combien de temps était-elle demeurée coincée, entre un flacon de Tylenol et un sac de riz, écoulant une existence inutile en attendant le connaisseur qui saurait la sortir de sa prison ? Toujours est-il qu'ils l'ont eue pour un dollar et... sans ordonnance. Une manne ! Comment ce puissant opiacé s'est-il retrouvé sur cette tablette ? Un mystère dont ils ne se soucièrent guère, préférant s'en purifier les veines jusqu'à épuisement du stock. Ils ne cherchèrent pas à le renouveler. La révolution, voilà ce qu'était le moteur de leur vie, alors. La drogue ? Du combustible pour alimenter le moteur.

Pour Emma, Haïti fut cette petite fille rencontrée au marché de Port-au-Prince ; cet enfant digne sous des tresses plus lourdes que son corps maigre qui portait les achats des touristes contre quelques gourdes. Il n'y avait qu'à plonger son regard dans ses yeux grands comme des océans pour saisir l'âme de son peuple. Un doux pastel, comme les paysages de l'île : le blanc du sable, le bleu du ciel, le rose des couchants. Et tout ça se noyait soudain dans une brume rouge sombre, presque noire, comme le sang artériel. Cela partait des paupières et coulait jusqu'à la peau des joues pour s'y fondre. Emma a navigué avec passion dans cette mare de tristesse tendre.

Rentrer à Montréal ? Oui, mais à la condition de revenir vite sur la partie occidentale de l'île Hispaniola. Hispaniola : là où les gens rient malgré la misère. Ça vous change des bourgeois maussades.

Mais, il n'y eut pas de retour sur l'île de rêve et tout autre fut le voyage suivant : brown sugar à nouveau, puis injections avec la blanche, vols de livres, maladie de Prince, arrestation d'Emma… Cependant, restait l'espoir de la guérison de Prince. Ils reviendraient à une consommation modérée par inhalation, ils reprendraient la bohême, les deux travailleraient à leur Grande Œuvre…

Mais Jean-Marie est mort. Mort pour n'avoir pas renié ses convictions et le mode de vie qu'elles impliquaient.

Esseulée, broyée par la douleur, Emma a alors utilisé la drogue comme un moyen d'oubli. Et pour un lent suicide… Jusqu'à perdre tout contrôle d'elle-même. Désormais, c'est le poison qui régente sa vie.

Emma devenue l'aventurière de petits vols, après la perte de celui qui la maintenait sur les sommets de l'Aventure. D'ailleurs, au féminin, le qualificatif ne reflète-t-il pas toujours quelque chose de négatif? Voyons! Comment une aventurière pourrait-elle poursuivre un idéal? Il n'en est pas de même de l'aventurier, bien sûr.

Emma l'incomprise.

Seul Serge, lui-même isolé dans son petit monde, a deviné la soif des sommets de sa compagne. Il n'a malheureusement pas les ailes pour l'y accompagner. Sa tentative de jouer auprès d'Emma le rôle de Jean-Marie, soit celui d'un mentor philosophe, l'a fait basculer plus profondément dans l'abîme de la folie. Elle, cependant, s'entête à croire à l'impossible, à sa totale fusion amoureuse et intellectuelle avec Serge comme ce fut le cas avec Prince. Un rêve inaccessible: jamais moineau ne deviendra aigle.

Emma sourit. Le rappel des jours heureux a chassé les ennuis du moment et coloré le futur. Prince est mort, certes, mais Serge ne l'est pas, lui. Derrière la maladie mentale de son nouveau compagnon, elle a repéré de la sensibilité et de l'intelligence. Il est encore possible, croit-elle, d'emmener Serge dans le sillage de Prince.

Comme si sensibilité et intelligence pouvaient pallier le manque d'envergure. «Tu rêves en couleurs, Emma.»

De se souvenir de Prince et de leur belle aventure a requinqué la jeune femme. «Allons nous faire une propreté avant d'affronter nos problèmes et d'en venir à bout», se dit-elle en se dirigeant vers la douche.

Zut! Les vêtements de rechange offerts par Tatou sont toujours dans le coin chambre; les serviettes aussi.

Emma doit enfiler ses vieux jeans sur ses cuisses mouillées. Inconfortable dans son linge moulé comme une seconde peau, elle vomit à haute voix tous les jurons de son répertoire. Au comble de l'irritation, elle tire la porte de la salle de bain avec un peu trop d'énergie : clac !

« Tu pourrais pas faire moins de bruit, pis te parler moins fort ?! »

Assis devant sa cuiller et sa seringue, Jos lui jette un regard peu amène. Il enchaîne :

« Tu m'as réveillé. »

Emma s'en excuse. Enveloppé de sa fameuse robe de chambre à faire pâlir d'envie la reine de Saba, Jos affiche un visage javellisé. La teinte habituellement rubescente de sa face s'est réfugiée dans le tissu du peignoir.

« Il faut que je parte, Jos, Speedy m'attend. Je t'achète deux points ce matin et ce soir...

– J'peux pas t'en vendre, Emma. Pas pour l'instant, en tout cas. J'ai appris hier que je suis foutu ; j'ai perdu mon contact, tu sais, Mike, le gars dont je t'ai déjà parlé. Le cave s'est fait arrêter à Patpong, en Thaïlande. Le nono s'est fait piéger par un agent double de la GRC. Ce salaud se serait fait passer pour un trafiquant de cocaïne américain qui venait de se recycler dans l'héro, d'après ce que j'ai pu savoir. Dès que Mike a eu la drogue en sa possession, des flics thaïlandais qui passaient là comme par hasard lui ont sauté dessus. L'affaire concerne plusieurs kilos de smack. Là-bas, on n'aime pas les trafiquants d'héroïne ; avec de la chance, il va finir ses jours en prison.

– Merde ! Qu'est-ce que tu vas faire ?

– Pour l'instant, le cousin de Mike m'a avancé quelques grammes de smack pour ma consommation personnelle et celle de Tatou, le temps de voir venir. J'ai pas assez de stock pour en vendre, même à toi, tu comprends. »

Emma ravale une panique montante et se montre tout sourire.

« C'est le temps de te retirer à la campagne avec Tatou. C'est ce que tu voulais faire, non ? Vous êtes sur la méthadone à vie. Où que tu ailles, on va t'en donner. T'es pus obligé de consommer et t'as certainement un peu d'argent de côté.

– Es-tu folle ? D'où c'est que tu sors ? »

Jos n'en revient pas. Non seulement Emma n'a pas les pieds sur terre, mais son esprit aussi se promène ailleurs. Sur Sirius, peut-être. Malgré toutes ses années de consommation et d'itinérance, toutes ses arrestations, elle ne comprend toujours rien aux affaires, rien au Milieu, rien à la drogue.

« Voyons, Emma ! Ça crève les yeux que je devrai continuer de vendre pour me sortir du trou. J'ai commencé dans le Milieu en empruntant beaucoup pour acheter en gros et revendre avec profit. J'ai jamais remboursé parce que moi, et surtout Tatou, on les consommait, nos profits. Si je t'ai dit que je voulais me retirer en Gaspésie, c'est que je croyais faire l'affaire du siècle en Thaïlande. Un smack pur à quatre-vingt-dix pour cent et à super bas prix ! Les milliers de dollars que j'ai remis à Mike pour l'acheter, je les avais empruntés aussi. Ça devait me rapporter gros. Je pensais rembourser ma vieille dette en plus de celle-là. J'aurais enfin pu en finir avec la vente et sacrer le camp en Gaspésie. D'autant plus que les flics commencent à me surveiller. Je me disais qu'il était temps que je me retire avant qu'on m'arrête. Mais, maintenant, tu devines combien de milliers de dollars je dois ? »

Effondrée, ne sachant que dire ou faire, Emma contemple un Jos pour une fois piteux et larmoyant.

« Chus fini ; chus dan' marde jusqu'au cou ! J'ai pus de drogue à vendre et j'ai pus d'argent pour en acheter. J'peux pus me refaire pis j'ai des dettes à faire peur. Les gens à qui je dois, c'est pas des copains du coin, tu sais. Y vont avoir le goût de me tuer, mais y veulent surtout se faire rembourser. Et comme je ne peux pas le faire sans continuer à vendre… tu peux être sûre qu'y vont encore m'avancer du stock dans quelques semaines. Mais là, j'vas leur appartenir pour de bon. J'vas être pogné toute ma vie à vendre. Jusqu'à ce que je me fasse arrêter. J'vas en prendre pour au moins dix ans, mais je ne les ferai pas parce qu'y vont me tuer en taule. J'serai devenu pus bon à rien, juste à stooler, pis ça, tu peux être sûr qu'y vont vouloir l'éviter. »

Jos crie à présent. Il a réveillé Tatou qui s'est levée. Appuyée au divan, elle tourne vers Emma des yeux affolés.

« Tu comprends, Emma, Jos est carrément dan' marde. »

Emma a beau compatir avec Jos, elle songe d'abord à elle-même. Désormais, elle devra frayer avec des Costa et des Besseth. Du moins jusqu'à ce que Jos reçoive à nouveau du stock ou que la dose de méthadone qu'on lui consent atteigne la hauteur de ses besoins. Elle frissonne.

Un pusher d'héroïne a une carrière bien éphémère. Une rose, paraît-il, ne dure que l'espace d'un matin ; un revendeur de drogue au détail, c'est certain, guère plus que quelques saisons.

En tant que revendeur en gros, Jos peut espérer beaucoup mieux, ce qui n'en fait pas pour autant un chanceux. Et ses déboires actuels occasionneront bien des perturbations, plus bas. Lorsqu'un grossiste se fait *buster* et que, de ce fait, un dealer en vient à manquer de stock, un junkie doit se trouver d'urgence une autre source d'approvisionnement. Ce n'est pas facile. Rien n'est plus horrible que d'avoir du fric sans pouvoir l'échanger contre de la drogue.

Emma se rappelle un soir d'agonie, alors que Prince et elle détenaient plus de trois cents dollars. Les douleurs du manque les broyaient, mais c'était presqu'un plaisir vu l'assouvissement anticipé et proche. Or, une récente saisie de plusieurs kilos de smack dans le port de Montréal venait de perturber drôlement le marché. À peu près tous les petits revendeurs étaient en rupture de stock ; ce que le couple ignorait, jusqu'à ce qu'il se soit cogné à plusieurs portes closes. Survint alors un junkie aussi éploré qu'eux mais mieux renseigné, prétendit-il. Le trio sauta donc dans un taxi et roula jusqu'à l'oasis espérée qui, elle aussi, s'avéra à sec. Le manège se répéta à plusieurs reprises, jusqu'à ce qu'un chauffeur de taxi les amène chez un des rares dealers à posséder encore un peu de la précieuse poudre. Il y avait là tant de monde qu'on s'arrachait la drogue. Double miracle : Prince et Emma ont réussi à s'en procurer et ce qu'il leur restait d'argent après le coût des taxis s'avéra suffisant.

Quel enfer ! Emma ne veut plus, pour tout le smack du monde, revivre pareille aventure. Elle s'inquiète aussi pour son gîte. Jos et Tatou la garderont-ils ?

« Je vais pouvoir continuer de vivre ici ?

– Pas de problème, Emma. L'argent de ton loyer, ça nous aide, Tatou et moi. C'est juste temporaire, ma pénurie de smack. Y'ont ben trop hâte en haut que je recommence à vendre... Pis y'a une solution pour que ce soit encore plus rapide. Ça dépend de toi, Emma. »

Jos hésite. À son air piteux, Emma devine qu'il va lui demander de l'aide et que ça le gêne affreusement. Doublement gêné, le gars. Gêné de ce qu'il perçoit comme une humiliation, et gêné de ne pouvoir cacher sa gêne. Lui qui a toujours été en position de pouvoir face à Emma, comme intervenant, comme fournisseur de drogue et comme locateur, voilà qu'il tombe de haut. Son machisme aussi en prend un coup. On s'occupe d'une femme, on l'entretient ou on l'achète, mais jamais on ne lui demande de l'argent. Ça ne se fait pas. Mais il n'a plus le choix.

« Tu fais pas mal de fric ces temps-ci avec Speedy. Si tu m'aidais à rembourser une partie de ma dette, j'pourrais te faire des super bons deals de smack... Tu pourrais même partager les profits pis, en haut, y accepteraient peut-être que tu vendes en gros, comme moi, à des plus petits pushers. Là, tu ferais d'la grosse argent avec presque pas de risques. »

Du front tout le tour de la tête, qu'il a ce Jos. Oser faire miroiter les avantages du métier alors qu'on vient d'avouer qu'on est prisonnier à vie de ses employeurs et de montrer qu'on a peur d'eux à mort. Emma n'est pas dupe, mais elle a toujours été prodigue de ses biens, comme de son cœur et de son temps.

« D'accord, Jos. À partir de ce soir, je te donne une partie de mes gains. Si ça peut t'aider, je suis partante. On parlera plus tard du pourcentage. Je suis pressée.

Ah, oui, Tatou… si Serge téléphone à nouveau, essaie donc de le convaincre pour les visites. Rassure-le, dis-lui ce qu'il faut pour ça. Je veux absolument le voir.

– Fais-toi-z-en pas, Emma, je vais faire l'impossible.

– Merci. Faut que je file… »

Emma se retrouve sur le trottoir et, une fois de plus, sous la pluie. Plus dépitée que jamais.

10

Grisaille.

Le ciel est une étoffe unie d'une seule trame. Cinq fillettes courent dans la rue, agglutinées sous un grand parapluie ; ensemble, elles ne cumulent certainement pas plus d'un demi-siècle. Vers quel paradis de l'enfance s'envolent-elles ? Emma a aussi connu cet état d'innocence et de liberté, il y a des lustres.

Elle monte les marches qui mènent à l'étage de la pharmacie ; elle serre les dents, garde espoir, car aujourd'hui on augmente sa dose de méthadone. Un échelon de plus dans son ascension vers l'autonomie ! Le ciel est gris, mais elle sourit.

« Bonjour Johanne. C'est le grand jour, comme tu sais.

– Je ne peux pas augmenter ta dose, Emma.

– Quoi ! C'est écrit sur le suivi que le docteur m'a donné. Aujourd'hui, tu dois me donner cinq milligrammes de plus.

– Je ne peux pas. À cause de tes tests d'urine. Ils nous disent que tu continues à prendre du smack, Emma. C'est dangereux avec la méthadone. Tu peux faire une surdose.

– Vous ne m'en donnez pas assez, de la méthadone.

– On est responsables de ton traitement et on sait ce qu'on fait. Si tu collabores, on va monter la dose petit à petit. On est plus tolérants que tu penses. On sait bien que tu dois consommer encore un peu pour ne pas être trop malade, mais juste un peu. Il faut que tu acceptes d'être inconfortable jusqu'à ce qu'on te donne les 60 mg de méthadone que ton organisme demande. Tu as la cuiller lourde et la seringue avide, Emma.

– Je ne peux pas diminuer, Johanne. Il faut que je sois en forme pour gagner de l'argent. Je dois payer ma pension, ma bouffe, mon transport… mon smack, celui dont j'ai besoin le temps que vous prenez à vous décider de me donner enfin ma pleine dose de méthadone. Tu vois : on tourne en rond. Vous ne nous laissez pas une chance de nous en sortir. »

Johanne aimerait disparaître derrière son comptoir. Elle déteste voir souffrir ses protégés. Mais elle n'y peut rien : ils doivent accepter de subir un certain manque durant quelques semaines. Ainsi le veut le programme. Et puis, la méthadone, ce n'est pas inoffensif. Loin de là. Il y a peu encore, le Bureau des drogues la classait parmi les substances dangereuses. Elle l'est toujours. L'organisme doit s'habituer à ses effets, petit à petit. Comment faire comprendre cela à Emma ? Johanne essaie, mais ça ne donne rien.

« Arrête ton baratin, Johanne. Tu gaspilles ta salive pour rien. Bon ! Comme tu tiens le gros bout du bâton, je suis bien obligée d'accepter ce que tu me donnes. Mais n'essaie pas de te justifier. »

Johanne est blessée, profondément. Elle se retient pourtant de répondre à l'insolence d'Emma. Elle en a vu et entendu d'autres. Elle sait bien qu'elle tient le gros bout du bâton, mais n'allez pas lui dire que ça lui plaît! C'est à un rude apostolat qu'est astreinte celle qui, par devoir et pour leur bien, doit faire montre de fermeté envers ceux qu'elle aime. On aide du mieux qu'on peut et on se fait cracher dessus en guise de remerciement. Mais elle a l'habitude; elle comprend aussi.

Emma, elle, s'en veut de n'avoir pu retenir sa colère. Mais tout va tellement mal! Elle a beau retrousser ses manches, sans cesse elles retombent.

Speedy a écouté les jérémiades de sa complice sans se départir de son sempiternel sourire. Maintenant, il la mitraille de sa verve intarissable. Les déboires d'Emma? Il en rigole. D'ailleurs, existe-t-il une situation qui vaille la peine qu'on s'en désole? On naît, on trippe, on meurt: telle est la philosophie de Speedy.

«J'te l'avais dit qu'un jour tu serais obligée de barguigner avec des types comme Costa. J'avais vu juste, hein? Pis pour ta méthadone, ça n'arrive pas qu'à toi, tu sais. J'connais un gars qui s'est présenté gelé comme une banquise à sa pharmacie. Y'ont pas voulu lui servir sa dose. Pour se venger, y'a pissé partout: sur le comptoir, sur le pharmacien... Pourquoi t'as pas fait pareil?»

Sacré Speedy!

Les voici de nouveau dans la piaule de Costa. Speedy a promis qu'Emma pourrait désormais s'y approvisionner en smack sans le moindre intermédiaire.

Il y a un type assis dans un fauteuil miteux aussi décharné que lui. Sa tête retombe en arrière de sorte que sa pomme d'Adam fait saillie. On dirait l'aile d'un poulet, si fragile à l'articulation qu'on peut facilement la briser entre ses doigts. D'autres carcasses gisent par terre, plus larves qu'hier, mais moins que demain. Dans ses babouches élimées, Sasquash-Costa glisse entre elles. Un prédateur en mer des Sargasses qui avance vers ses proies, sans se presser. Entre cils et sourcils : une fente. Un regard de crocodile. Il s'adresse à Speedy.

« Hummm ? »

L'autre lui fait la révérence et hausse le niveau de son langage de plusieurs crans, histoire de démontrer qu'il est d'un autre monde que ceux qui tapissent le plancher.

« Mes hommages, Monseigneur. M'accorderiez-vous la faveur de servir, à partir d'aujourd'hui, la gente demoiselle qui m'accompagne ? Elle est de noble lignée et a de quoi payer. »

Un poète se cacherait-il dans un recoin de l'âme du jeune punk ? L'obèse a répondu par un autre grognement et s'en est retourné s'asseoir dans son coin.

« Ça veut dire qu'il accepte, chuchote Speedy à sa compagne. Il ouvre sa porte à huit heures du matin et la ferme à minuit. Plus tard que ça, il n'y a plus que le bar à Besseth. Vas-y pas. J'suis pas sûr qu'y accepterait de t'en vendre, pis tu pourrais avoir des problèmes avec Bob.

– Comment sais-tu que Costa accepte de me servir ? Il n'a fait que grogner ; il ne m'a même pas regardée. Il dort au gaz, ton pusher.

– J'te dis que c'est correct. J'le connais. Y'a l'air de rien voir, mais rien lui échappe. J'te l'garantis. Y t'a pesée, pis comme y trouve que tu fais le poids, y va te servir même si j'suis pas là. »

Peu rassurée, Emma s'approche du bouddha de chair, lui tend l'argent et lui passe sa commande.

Comme la veille, il prend tout son temps, mais la sert sans problème. Ceci fait, Emma va vite rejoindre Speedy à l'extérieur.

Elle aspire plusieurs grandes bouffées d'air.

« Peux-tu me dire comment ils arrivent à planer dans une telle place ?

– Question d'habitude, répond Speedy. »

Dieu sait comment, Speedy a réussi à mettre la main sur quelques mandats-poste vierges et numérotés ainsi que sur une machine destinée à y imprimer la somme. « Volés la nuit dernière », lui a dit le punk. Un filon qu'il faut exploiter avant qu'on ne découvre la disparition. Sur chaque mandat, ils inscrivent un montant – pas plus de cinq cents dollars, histoire de ne pas éveiller la méfiance – et vite vont les échanger.

Le butin est d'importance ; Emma recommence à rêver. Pour peu que sa veine continue, elle pourra sortir Jos du trou et bénéficier des privilèges d'un dealer sans pour autant le devenir. Ce métier ne l'intéresse pas, c'est contre sa nature. Le Milieu, elle se dit qu'elle ne fait qu'y passer, en touriste, pour acquérir du vécu. La vie bourgeoise ne l'attire pas. Oh ! Que non ! Mais le sordide non plus. L'aventure, la poésie, le renoncement à soi pour plus grand que soi, voilà ce à quoi elle aspire.

Speedy a insisté pour qu'ils fêtent leur bonne fortune par une injection bien frappée prise dans des toilettes de garage. Ensuite, il l'a accompagnée à Bordeaux où elle a laissé de l'argent et une lettre pour Serge. « Seigneur, je vous en prie, faites qu'il la lise et retrouve la raison. » Serge lui manque terriblement.

Pour l'heure, ils sont sur Henri-Bourassa, dans un secteur de logements mal entretenus, aux façades sales et ternes : des blocs à assistés sociaux, les BS. BS pour bien-être social… On les entasse, les BS, on leur fournit des services à la hauteur de l'estime qu'on leur porte, les BS, et on aimerait bien que leur chèque de BS garantisse le paiement de leur loyer.

Est-ce à cause de cette vision ? Emma se sent soudain très mal. Sa température monte, comme lors d'une fièvre ; elle a des spasmes qu'elle ne peut contrôler.

« Trouve-moi un taxi, Speedy, je t'en prie. Je me sens mal.

– À votre service, Madame. »

Et voilà qu'il se met à scruter l'horizon, une main au-dessus des yeux, comme un guerrier iroquois aux aguets devant un campement ennemi. Bientôt, une auto s'arrête à leur hauteur, mais ce n'est pas un taxi. Une femme en sort, tête première, aidée en cela par une forte poussée du chauffeur. Elle s'affale aux pieds de Speedy.

Une voix se fait entendre à l'intérieur du véhicule :

« Salope ! Si tu penses que j'vas t'payer. T'es-tu regardée ? Amanchée comme t'es, j'me demande si tu ne m'as pas refilé une sale maladie. Je risque gros… fait que… oublie le fric.

– J'ai fait ce que vous vouliez ; faut me payer. »

Elle va s'accrocher à la portière, mais l'autre part en trombe. Emma la connaît, c'est Beverly. Elle achetait son smack au même endroit que Prince et elle, il y a dix ans. Une jeune prostituée à l'époque, une vieille putain aujourd'hui. Une bonne fille pourtant, sans défense. Une victime-née dont on vient encore d'abuser.

L'indignation d'Emma est telle, à la suite de cette scène d'humiliation, qu'elle en oublie pour l'instant son malaise. L'arrogance des forts et des nantis, leur mépris pour les faibles, elle n'a jamais pu les supporter. Gamine, elle se raidissait contre les vacheries que les fillettes au physique choyé par dame Nature adressaient à leurs camarades de classe moins bien dotées. La Diane aussi agissait de la sorte, elle qui gérait son centre de thérapie comme un goulag ; et Emma s'est rebellée. Jamais elle ne fermera les yeux devant l'injustice.

Beverly est à présent assise sur la chaîne du trottoir. Elle sanglote. Emma s'approche de celle dont Jean-Marie lui a raconté la vie, dans le temps. Une histoire qui l'avait ébranlée.

Beverly est née au Brésil. Enfance et adolescence douces et heureuses. Famille unie, parents nantis ; des principes, de la religion teintée de bigoterie. Arrivent ses dix-huit ans et Pierre, un soi-disant ingénieur canadien. Grand et gracieux, le gars sait parler et a des manières. Coup de foudre pour la fille et envoûtement des parents qui accueillent sa demande en mariage comme une faveur faite à la famille. « Beverly, ma plus âgée, devinez avec qui elle vient de se marier.

– Si vous m'en parlez, c'est que ça doit être un bon parti.

– Oui… avec un ingénieur.

– Un ingénieur !

– Oui, un ingénieur canadien en plus.

– Un Canadien ?!

– Oui Madame. Ils viennent de s'installer à Montréal. Pour l'instant, histoire qu'elle s'adapte à sa nouvelle vie, ils habitent chez la tante de Pierre. Il est orphelin, le pauvre petit. Pierre, c'est lui, mon gendre, l'ingénieur canadien. Ma fille m'a écrit qu'elle était enceinte.

– Elle en a eu de la chance, votre fille !

– Comme vous dites. »

En fait, le gars était gérant de quelques clubs. Peu après l'accouchement, il força son épouse à travailler comme danseuse nue dans un bar. Un SOS lancé aux parents se heurta à un mur. Qui prend mari prend pays, n'est-ce pas ? Voyons ! Comment le gentil garçon rencontré pouvait-il s'avérer un dépravé ? Une capricieuse, que leur fille.

Un jour, la capricieuse ne se sentit pas bien, rentra plus tôt du « travail » et surprit son Pierre au lit avec sa prétendue tante, sa maîtresse, en fait. Beverly quitta sur-le-champ mari, enfant et « belle-maman » et s'en alla cohabiter avec une compagne de travail qui se prostituait pour payer sa came et se droguait parce qu'elle se prostituait.

Beverly venait de rejoindre le Milieu. Comment pourrait-elle gagner sa vie maintenant qu'on la boycottait dans les bars ? En se prostituant, bien sûr. Comment pourrait-elle accepter son nouvel état ? En se droguant, bien entendu. Beverly est une fleur délicate qu'un vent contraire a couchée et que les pervers foulent de leurs godillots boueux.

Que reste-t-il de la fleur, aujourd'hui ? Elle est toujours assise sur la chaîne du trottoir, la jambe gauche enflée du pied à la cuisse : la gangrène. Son visage est rouge, brûlant, ses yeux injectés de sang.

Emma se meurt de compassion, sa poitrine se serre.

« Il faut l'emmener à l'hôpital, Speedy.

– C'est pas de nos affaires, Emma.

– Ce sont les miennes, en tout cas. Sacre ton camp, si ce ne sont pas les tiennes. »

Personne ni rien ne peut choquer Speedy. Imperturbable, il reste sur place. Beverly parle maintenant, des propos scandés par les sanglots. Pour mieux les saisir, Emma se penche au-dessus de la fleur fanée.

« J'suis en manque de smack, Emma… Depuis deux jours. À cause de ma jambe, j'fais peur aux clients… Alors, tu comprends, j'les choisis pus… Tout à l'heure, le salaud m'a dit… Y m'a dit qu'après l'avoir soulagé, y me donnerait assez d'argent pour ma drogue… pis le transport à l'urgence. Y m'a même promis des cigarettes. Tout c'que j'veux, Emma, c'est ma drogue. J'veux pas aller à l'hôpital tout de suite. »

Emma lui refile une partie de son smack, lui remet de l'argent et, avec l'aide de Speedy, la hisse dans un taxi.

« Centre hospitalier Jean-Talon », qu'elle lance au chauffeur.

C'est fini ! Emma sent ses forces s'éteindre comme une bougie que l'on souffle. Sa rage contre les pervers et abuseurs de tous acabits a miné ce qui lui restait d'énergie. « Si l'homme est un loup pour l'homme, qu'est-il pour la femme ? » se demande-t-elle. Speedy, lui, c'est le loup indifférent au cadavre de l'autre bête qu'on vient d'abattre. À peine un reniflement. Il s'inquiète de sa compagne, pourtant.

« Tu t'es pas vue, Emma. Tu fais autant de fièvre que ta Beverly. T'es folle. Tu penses jamais à toi. Un de ces jours, c'est toi qui vas crever. Si t'es pas en forme, tu peux pas aider les autres. Tu te r'gardes pas, Emma. »

Il arrête un taxi ; il aide Emma à y monter.

« J'pense que tu fais un *cotton fever*. Tu pourras pas travailler demain, j'en ai ben peur. Va encore falloir que j'me trouve quelqu'un d'autre. Shit ! Bon ! Va te reposer et essaie d'être là demain… si tu peux. On sait jamais. »

Emma n'entend et ne voit plus rien jusqu'à ce que les douces mains de Tatou rafraîchissent son front et que le poids douillet d'une couverture la plonge dans le sommeil.

11

Les huit jours suivants, Emma tâte le fond. Clouée sur le sofa de Jos par la maladie, il ne lui est plus possible de s'éviter, de s'étourdir dans le combat pour la survie quotidienne, d'abattre chaque fois la réalité à coup de seringue ; son corps immobile l'oblige au repos, et de smack elle en a eu si peu que la bulle de la réalité se refuse à crever.

Elle ne s'est jamais remise de la mort de Prince. Après avoir un temps surfé sur des eaux dangereuses, elle avait recommencé à planer, croyait-elle, dans ces hautes sphères où rien ne vous atteint. En fait, elle descendait lentement. Inéluctablement, elle se rapprochait du sol dur et abrupt de la réalité où elle n'avait pas encore posé les pieds. Dans sa glissade vers l'abîme, malgré les arêtes rocheuses qui l'écorchaient au passage, elle n'avait d'yeux que pour la beauté des sous-bois qu'elle imaginait plus bas.

Mais, les huit jours d'alitement forcé transforment la glissade en chute.

Une chute vers l'enfer où toute dette doit être chèrement payée et toute illusion brûlée au feu du réel.

Ces huit jours…

Son retour d'agonisante chez Jos, après sa rencontre avec Beverly. Un *cotton fever* comme Speedy le craignait, une fièvre de cheval qui a bien failli la tuer. On utilise un vieux mégot sale plutôt qu'un propre, on en extrait le bout filtre au travers duquel, pour éviter les bulles d'air, on aspire la drogue dans la seringue ; et, selon l'état de son organisme et la saleté introduite dans les veines, on attrape ce foutu *cotton fever*.

Dans le loft, ce fut l'émoi, pire, la panique : la pourvoyeuse était sur le carreau !

Conciliabules, chuchotements, mines d'enterrement.

« Il faut appeler l'ambulance », a dit Tatou.

Ce qui a conduit Jos au bord de l'apoplexie.

« T'es folle, Tatou ! Tu imagines les questions des ambulanciers, l'intervention policière, la fouille de l'appartement ? Oublie pas qu'on a encore du smack et des pilules dans la baraque.

– Mais si elle meurt ?

– Elle ne mourra pas. »

Il n'en était pas si sûr, le Jos. Drapé dans sa robe de chambre sempiternellement portée à domicile, il arpentait le loft d'un pas nerveux. Un père au cours d'un accouchement difficile. « Mon Dieu ! Il ne manquait plus que ça. » La vie est injuste. N'était-elle pas assez poivrée, cette chienne de vie, avec toutes les tuiles qui lui étaient tombées dessus dernièrement ? Tu as tellement de problèmes en tête que tu penses qu'elle va éclater, et voilà qu'un autre surgit. Un gros. Que faire, Seigneur ? Que faire ?

Quel que soit l'âge, arrivent des moments où on aimerait retrouver les bras maternels. Jos pensait à sa mère. Sa mère ! Une femme de caractère.

Elle n'arpenterait pas l'appartement en se demandant quoi faire, la mère de Jos. Elle aurait déjà agi ! Un dur, notre Jos ? Un vrai fils de sa mère ? Pas sûr. Tel il paraissait à Nuit et Jour, mais il tenait alors le bon bout du bâton. Ce n'est plus pareil aujourd'hui. C'est dans les moments de crise qu'on reconnaît les vrais durs. Où mesurer le courage et l'efficacité d'un pompier, si ce n'est au feu ?

La mère de Jos.

Rien ni personne n'a jamais entamé sa détermination. Une vraie mamma, comme sortie d'un livre de Mario Puzo. Revêche comme les Abruzzes, rude comme la Calabre, farouche comme la Sicile. Une femme dure, implacable, mariée toute jeune à un mafioso de son village. Deux ans après les noces, le couple émigrait à Montréal. Quatre ans et quatre marmots plus tard, le mari disparaissait. Eaux troubles et pantoufles de ciment. Il a fallu draguer pour retrouver le corps.

Ne restaient à la mamma que Jos et ses trois frères. Le père avait tracé la route, ils l'ont suivie, avec l'accord et le soutien de leur mère. La pègre, c'était son monde. Et puis, il faut bien vivre. Le grand logement de la rue Dandurand servit dorénavant d'asile et de bureau à tous les voyous du quartier. Une planque, une piaule, un bordel, un bunker… dirigé par une matrone de cent kilos à la main ferme qui pouvait s'abattre à tout moment dans la face de qui ne lui obéissait pas au doigt et à l'œil. Tous en avaient peur, même les frères Morello, de vrais meurtriers pourtant. Les flics ne l'abordaient qu'avec des gants blancs. Et pas question d'essayer de lui arracher les vers du nez ni d'arrêter quelqu'un chez elle. On préférait attendre qu'il sorte.

Ses fils en âge de se droguer – ce qui survint assez tôt –, la mamma put compter sur des revenus supplémentaires, substantiels et fiables. Bénéficiaires du programme du Cran, mais toujours gros consommateurs d'héroïne, ils refilaient leur méthadone à leur mère qui la vendait à prix d'or aux junkies en crise de manque. Ne leur rendait-elle pas service ? Ne les nourrissait-elle pas aussi, parfois ? Et les filles qui tenaient bureau chez elle, ne les protégeait-elle pas des dangers de la rue ? Chaque soir, elle récitait quelques Ave pour attirer la protection de la Madone sur ses chers clients.

Une sainte femme, en fait, qui a élevé ses enfants comme elle pensait qu'on devait les élever et du mieux qu'elle le pouvait. Oui, une sainte qui ne pensait pas à elle. Une femme de devoir qui jamais n'a fléchi. « De son vivant, Mama a tellement donné de gros morceaux de son cœur, qu'il ne lui en est resté qu'un tout petit bout pour mourir », a dit quelqu'un au salon funéraire.

Et Jos, qui au fond de lui-même sait bien qu'il n'est pas du même bois que sa mère, s'inquiétait, se désolait, soupirait, espérait encore accéder à une vie rangée : les enfants, les réunions de famille du temps des Fêtes, les congés scolaires, les raviolis du dimanche. Il croyait ça encore possible, Jos. Jos rêvait en couleurs ; il se voyait en payeur d'impôt, pilier de la stabilité économique du pays, en citoyen prospère et respecté.

Un dealer, notre Jos ? Voyons ! Un homme d'affaires plutôt, qui allait bientôt réussir grâce au financement de ses frères, car *dealer* de la came ou des chars, c'est du pareil au même pour Jos. Quant à ses frères, notre futur contribuable s'occultait le fait que deux d'entre eux croupissaient en taule pour encore un bon bout de temps et que le troisième, après une vie fort agitée, bénéficiait enfin du repos éternel.

Fantasmes.

Enfin... Pour l'instant, il ne savait toujours pas quoi faire d'Emma. Cette dernière avait tant de fièvre que s'asseoir devant le sofa où elle reposait, c'était comme s'asseoir devant un feu de foyer.

Heureusement qu'Emma était rentrée le gousset bien garni. Tatou avait trouvé les billets dans une poche du jean crasseux de la malade, billets dont Jos s'était emparé avec un soupir.

« Au moins, sa pension sera payée. Le reste servira au smack que j'vas être obligé de lui injecter matin et soir. Manquerait plus qu'a nous fasse une crise de sevrage.

– Faudrait pas en garder un peu pour Serge ? J'sais qu'Emma lui en déposait régulièrement pour sa cantine.

– Non. On sait pas combien d'temps a va être malade pis, si ça dure longtemps, j'aurai rien de c'qu'a m'a promis pour rembourser mes dettes. »

Après quatre jours de fièvre, l'état d'Emma ne s'était pas encore amélioré. Les finances de Jos non plus, qui venait d'utiliser les derniers billets trouvés par Tatou, ce qui l'avait rendu plus nerveux et irascible qu'avant.

Fait étrange, plus Jos s'approchait des rives d'un abîme dépressionnel, plus Tatou semblait s'élever vers les cimes où loge la sérénité. Tout cela parce qu'elle avait passé quatre jours au chevet d'Emma, à la changer, la laver, la masser. La nuit, plutôt que de rejoindre Jos derrière le paravent, elle veillait la malade, attentive à ses moindres soupirs. À demi consciente, Emma découvrait la vraie Tatou. Une sœur hospitalière, cette Tatou.

Le cinquième jour, sa fièvre ayant chuté, Emma devint sensible à la mauvaise humeur de Jos et à ses réflexions acerbes lorsque venait l'heure de l'injecter.

« Là, Emma, ça peut pus durer. Faut que tu te forces à te lever. Tatou a pas cessé de prendre soin de toi, pis on a presque pus d'héro pour nous aut... Mon gars n'a pas encore appelé, pis j'ai pus d'argent pantoute. Tu nous mets encore plus dan' marde qu'avant ta maladie. »

Il lui tirait alors le bras et enfonçait durement la seringue dans le creux du coude.

« Laisse ce qu'il faut tout près, lui a dit Emma ce cinquième jour. Je le ferai moi-même. »

Bien que plus lucide, Emma ne parvenait pas encore à redresser complètement un corps aussi flasque qu'un ballon d'hélium dégonflé. Mais elle voyait bien les changements dans l'appartement. Où étaient donc passés la chaîne vidéo, la chaîne stéréo, le DVD... ? Cet après-midi du cinquième jour, Jos entra plus essoufflé et en sueur que jamais. Un type l'accompagnait à qui il remit les clefs de son véhicule qu'il venait de vendre. Tatou pleurait sur une chaise.

Une fois de plus, Emma se sentit coupable.

Le fait que Jos écopait à cause de sa propre turpitude n'effleura même pas l'esprit d'Emma. Et Serge qui croupissait en prison et ne recevait plus rien depuis qu'elle était alitée ! N'était-il pas de son devoir d'assister ce compagnon d'infortune si peu choyé par la vie ? Coupable de manquement au devoir d'assistance, coupable de n'avoir pas tenu la promesse faite à Jos, coupable d'être tombée malade, telle se jugeait Emma peu après avoir retrouvé sa lucidité.

Pire : on devait l'aider. Celle qui avait jusqu'ici toujours porté le fardeau des autres désespérait d'en être un à son tour.

De plus, Emma la malade en voie de guérison, Tatou était retournée à sa torpeur. Elle avait peur, Tatou. Elle avait peur de l'avenir, avec raison d'ailleurs, car elle était incapable de se débrouiller seule désormais. Comme un chat dégriffé qu'on ne sort jamais, comme un oiseau en cage ou un prisonnier de longue date, elle appréhendait la liberté, étouffait en plein air et se sentait sans défense. Qu'il était loin le temps où elle dansait dans les bars, où elle avait son propre réseau ! Envolée l'époque de sa complicité avec les autres filles.

Quatre murs d'un loft limitaient maintenant l'univers de Tatou. Son monde ? Jos et, depuis quelque temps, Emma. Certes, elle était toujours belle et elle le savait. Mais ça s'était empâté dans sa tête. Elle avait été vive, pétillante même ; elle était maintenant somnolente, paresseuse, et le courage qu'il lui aurait fallu pour sortir de son ornière s'était envolé.

Tatou s'est laissée aller. Elle s'est trop longtemps laissé gâter par Jos. Elle ne s'occupait de rien, ne faisait rien, ne s'habillait même plus. Ne quitter que deux fois par jour la brume de son lit pour venir nourrir son corps et ses veines ne dynamise pas beaucoup un organisme.

Et ce n'est pas bon pour la santé.

Il arrivait de plus en plus fréquemment que des tremblements incontrôlables secouent le corps de Tatou, jusqu'à lui faire perdre l'équilibre. Son univers vacillait depuis quelque temps et elle avait peur. Affreux ! Jos, qui vouait une véritable adoration à sa compagne, cherchait désespérément le moyen de redevenir le roc solide sur lequel elle s'était jusqu'ici appuyée et multipliait les appels à l'aide dans le Milieu.

En vain.

Ces jours de maladie et l'humeur inquiétante de ses hôtes ont miné Emma; sa chute dans un réel où parfois on est inutile aux autres et à soi-même a jeté un froid dans son âme.

Aujourd'hui, huitième jour de claustration, Emma décide de se lever pour sauver ce qui lui reste de courage et de rêves. Les yeux encore fermés, d'un geste machinal, elle tend la main vers la table basse où Jos dépose came et ustensiles depuis l'avant-veille.

Rien.

Jos a-t-il oublié? Ou, pire, décidé qu'il cesse de lui en donner? Emma ouvre les yeux et aperçoit Tatou qui s'éloigne furtivement. Dans ses mains: drogue et accessoires.

Jos n'a donc pas oublié, mais Tatou, malgré sa bonté innée et sa dose quotidienne massive de méthadone, n'a pu résister à voler celle qu'elle vient pourtant de soigner avec un si grand dévouement. Bonne et veule, notre Tatou qui a engourdi sa conscience à force de dormir sa vie.

En reconnaissance des soins apportés, Emma fait mine de n'avoir rien vu.

Ce dont Tatou n'est pas dupe, puisqu'elle revient vite papillonner autour d'Emma. Fébrilement, elle l'aide à s'habiller. « Notre malade est ressuscitée! » crie-t-elle à Jos, toujours derrière le paravent. Le ton sonne faux.

Emma parle et sourit, accepte même d'avaler un bol de céréales mais elle se sent étrangère à tout ce qui l'entoure ; par habitude, son corps répète les gestes rituels. Son système nerveux est mort.

Emma promet au couple de revenir avec de l'argent. Sa voix chevrote, comme celle des vieillards qui l'ont trop usée, et manque de conviction. Elle a perdu beaucoup de sa foi. Enfin, elle sort dans l'air humide, sous le regard coupable de la voleuse et celui plein d'espoir de Jos.

Il pleut, bien sûr, maintenant qu'Emma se risque enfin à l'extérieur. Alors qu'il a fait beau toute la semaine précédente ! De sa couche, elle avait deviné le soleil entre les jambes et les bras des danseuses qui ornent le store. Et les danseuses dansaient.

La pharmacie. Il pleut toujours dehors, mais Johanne est au comptoir. Un soleil, cette Johanne. Un baume pour le cœur qu'on vient de meurtrir.

« Mon Dieu, Emma ! Où étais-tu ? »

Ce ton-là n'est pas faux. Ce que ça peut requinquer que de sentir qu'on compte pour quelqu'un !

« J'ai un temps pensé qu'on t'avait arrêtée. J'en étais attristée puisque nous n'avons pas encore l'accord de Tanguay pour les programmes de méthadone. Comment as-tu fait pour t'en passer tout ce temps-là ?

– J'étais malade.

– T'aurais dû appeler. J'aurais essayé de m'arranger pour qu'on te la livre, ta méthadone. On le fait parfois. Es-tu sûre d'être bien guérie ?

– Ça peut aller.

– En es-tu certaine ? Tu es pâle à faire peur. Et puis tu as beaucoup maigri en quelques jours. »

Johanne sait bien qu'Emma ne lui dévoilera rien de son état ni de ce qui s'est passé. Elle connaît ses clients, Johanne. Elle a montré de l'intérêt pour Emma, c'est tout ce qu'elle peut faire pour le moment… pour la préparer à la mauvaise nouvelle qui va suivre.

« Il y a un problème, Emma. Tu sais que ta prescription n'est plus valide ? Tu devais aller la chercher au bureau du Cran il y a deux jours. En principe, je ne peux pas te servir.

– Quoi ! »

Les jambes d'Emma fléchissent. Elle doit s'appuyer au comptoir pour ne pas tomber. Il pleut partout maintenant : dehors, dans la pharmacie, dans son cœur. Certes, la dose espérée était faible, mais c'était mieux que rien. Sans elle, impossible de seulement penser à trouver Speedy pour lui emprunter de quoi tenir et se remettre à voler.

Pendant qu'Emma se désole, Johanne remue ciel et terre. Au médecin du Cran, elle plaide le cas d'Emma mieux qu'un avocat ne l'eût fait et gagne sa cause.

« Ça va pour aujourd'hui, Emma, mais n'oublie pas d'aller au Cran pour renouveler ta prescription. On te fait une faveur, tu comprends. On ne pourra pas recommencer. »

Trop faible pour lui sauter au cou, Emma gratifie Johanne d'un timide sourire qui vaut mille remerciements. Elle boit la potion, puis sous le regard triste et résigné de la pharmacienne, elle rejoint la rue.

12

Trois kilomètres séparent la pharmacie de la Maison du Père, cet abri pour hommes itinérants dirigé par des prêtres. En principe, on n'y réside que quelques semaines, le temps de voir venir; en réalité, la plupart y crèchent un mois sur deux, en alternance avec des séjours à l'Old Brewery Mission. C'est ce que fait Speedy.

Trois kilomètres: une demi-heure de marche rapide marquée de quelques sprints pour rattraper le temps perdu aux feux rouges.

C'est donc fort essoufflée qu'Emma rejoint la Maison du Père, ce huitième jour après le début de son *cotton fever*.

Un vieux bâtiment gris derrière de gros arbres dégoulinants de pluie. On y accède par un large escalier de pierre. Des itinérants gisent sur les marches, « fleurs de macadam » insensibles aux intempéries. Emma se fraie un chemin entre ces hommes-fleurs, jusqu'à la lourde porte.

« Speedy est-il là ? demande-t-elle au passage.

– Parti depuis un bon bout de temps, lui répond une fleur fanée qui gît près de la porte. »

Et de lui expliquer que les résidants doivent quitter la Maison avant sept heures trente. Les lève-tard – « Comme moi, Mademoiselle » – poursuivent leur nuitée sur les marches extérieures. Une nuitée qui, pour certains, dure jusqu'à l'orée de la prochaine, jusqu'à ce que les portes s'ouvrent à nouveau. Mais tous doivent rentrer avant vingt heures, même les plus vaillants qui traînent leur carcasse souffrante jusqu'à la rue Sainte-Catherine. Debout ou assis, ils tournent une paume vers le ciel d'où tombe parfois une étoile argentée. Tout dépend de l'état d'âme des passants.

D'autres vont s'étendre au parc Berri ou au carré Viger et laissent le temps passer sur eux. Certains, les plus chanceux, ont le corps si broyé qu'il leur est devenu un atout : ils reçoivent gratuitement dilaudids ou hydromorphine qu'ils s'empressent d'échanger pour de l'alcool ou du pot. De vieux sages. Le temps des drogues dures et des braquages à tout casser est bien révolu pour eux. Depuis leur pelouse ou leur marche, ils regardent les plus jeunes s'enfoncer...

Ceux de la Maison du Père ont flairé Emma et reconnu une des leurs, en chute rapide vers leur état, comme l'affichent sa maigreur de junkie, ses yeux malades, sa fébrilité, son débraillé. Ils ont perçu son inquiétude.

« Ben oui, on le connaît, ton Speedy... Inquiète-toi pas, la p'tite. Tout va s'arranger. Assieds-toi deux minutes pis fume un joint avec nous autres. Ça va te calmer. Speedy sera pas là avant à soir, mais y va revenir. Y revient tout le temps. C'est pas qu'y fait pas d'argent, y'en fait beaucoup. Mais c'est pas le gars à le gaspiller pour un logement. Icitte, c'est gratis...

– T'as pas l'air à ben filer, Mamoiselle. Attends-le icitte, avec nous autres. Hey, Dalton ! As-tu un peu d'alcool pour la mamoiselle ? »

L'alcool vaut pour ces bougres au moins autant qu'un manteau pour saint Martin, et voilà qu'à l'instar du saint, ils sont prêts à se priver pour le réconfort d'une sœur en détresse. Des larmes viennent aux yeux d'Emma, une bonne chaleur lui inonde la poitrine : le monde n'est pas complètement pourri. Elle les remercie, mais refuse. Ce n'est pas d'alcool dont elle aura besoin dans quelques heures pour continuer à vivre, et il lui reste à elle, contrairement à ces hommes épuisés, encore un peu d'énergie pour se battre dans la vie… un peu…

« Salut les gars et merci pour tout ! » qu'elle leur lance en haut de l'escalier.

Des gars qu'elle a l'impression de connaître, grâce aux histoires de Speedy.

Par exemple, elle sait que Gilligan, un vendeur de dilaudids, est mort il y a un mois. Et que ça n'avait pas été une bonne semaine puisque deux autres trépassaient le lendemain. Pas de funérailles civiques bien sûr, mais un deuil porté dans le cœur de leurs compagnons de misère. Ces gars-là se déchirent, s'engueulent, se volent, mais au fond se soutiennent comme ils le peuvent. Leurs yeux jamais ne versent une larme pour le disparu, mais leur mémoire n'oublie personne :

« Phil ! Tu te rappelles Ben ? Lui, y'avait des couilles…

– Pas autant que Bill. Lui, c'était un malin. Le meilleur…

– Peut-être… mais Marc, lui, y nous faisait rire toute la gang… »

Emma dévale le grand escalier. C'est comme si elle sortait de la lecture d'un livre de Victor Hugo. La Maison du Père, c'est Notre-Dame de Paris ; les gisants sur les marches, la foule de la cour des Miracles. C'est à l'archidiacre Frollo qu'elle s'est informée de Speedy et Quasimodo lui a offert de la robine.

Ce que cache le monde, Emma l'a toujours pressenti. « J'aime me promener des soirs de brouillard », disait-elle, encore enfant ; « Ouache ! » rétorquaient ses amies. Emma les plaignait, elles qui n'avaient pas accès au merveilleux.

Encore aujourd'hui, elle voyage en esprit. Certains soirs d'octobre, elle hume dans l'air des relents de vieille Angleterre et arpente ainsi les landes humides et désolées des romans des sœurs Brontë. Et certaines froides soirées de janvier ne sont-elles pas issues de l'imagination d'un auteur de science-fiction ? De Silverberg ? De Lovecraft ? Emma s'empare des saisons, de leur atmosphère et de leurs odeurs pour pénétrer dans des royaumes imaginaires.

Une grande sensibilité à l'esprit du monde procure des moments d'intense harmonie avec l'univers. Ce matin, boulevard René-Lévesque, à trois mètres de l'escalier de la Maison du Père, Emma la ressent jusqu'à l'extase, cette harmonie. Puis, ses pensées reviennent à Serge. Elle tourne en rond sous la pluie. Serge : un visage émacié, un corps supplicié, une âme tourmentée, comme les gisants de l'escalier. Une peine immense broie le cœur d'Emma. La misère humaine… Elle n'en peut plus, de la misère humaine. Et pourtant, il y a Serge, misérable parmi les misérables, dont elle est sans nouvelles et qui doit manquer de tout là-bas, dans une cellule qu'il confond sans doute avec un tombeau.

Ne pas oublier Serge ! Tout tenter pour aider Serge. Et pour ce, refaire le plein.

Aller chez Costa d'abord. Soit Speedy y sera et lui refilera un peu de smack et ils partiront pour une journée d'enfer, soit elle tentera de *fronter* la drogue au monstre de chair, à ce Sasquash de malheur. Après seulement, pourra-t-elle opérer. Pour l'heure, la dose de méthadone qu'on lui a donnée était si faible qu'elle la sent à peine. Voler dans cet état ? Tremblante, les jambes flageolantes, elle se ferait arrêter sur-le-champ.

On n'y voit goutte ; plutôt, on ne voit que cela. C'est sous l'orage qu'Emma rejoint la rue Saint-Denis. Transie, elle traverse Mont-Royal à la course, glisse sur la chaussée mouillée. Coup de frein, coups de klaxon. « Attention ! » Elle se relève sans jeter un coup d'œil derrière elle. Elle compte les portes : une… deux… trois. C'est bien la troisième. Elle reconnaît les marches de ciment ébréchées, la porte miteuse en accord avec le ciel. La piaule de Costa dans toute sa gloire ! Sous une planche, elle trouve le loquet et l'actionne, comme le lui a montré Speedy.

La porte résiste. Elle s'essaie à nouveau ; puis elle frappe, cogne, de plus en plus fort. Finalement, elle voit les cadenas et les ferrures posés par l'escouade antidrogue. L'endroit a été *busté*.

Écrasée par cette dernière épreuve qui s'ajoute à tant d'autres, par la fatalité et par ce qu'elle ressent comme une sorte d'injustice, éprouvant dans tous ses os la douleur du manque, Emma, en cet instant, se mure en elle-même. Tout cesse de fonctionner dans sa tête, plus rien n'y parvient, pas même le bruit de la pluie… Une apathie complète, une aboulie qui peut-être ne cesserait jamais si un énorme corps n'apparaissait soudain devant elle, si une main pesante et moite ne se posait sur son épaule, si des yeux noirs, sales et opaques ne plongeaient dans les siens.

Costa !

Immense, lourd, il prend toute la place. Il est le décor et la scène. Pour Emma, à cet instant, il est Dieu.

« Costa ! Je désespérais de te trouver. Ta piaule a été *bustée* ? J'pensais qu'on t'avait arrêté. Écoute : j'ai besoin que tu me *frontes* un demi-point. Tu sais que tu peux me faire confiance. Speedy est-il passé ? Tu me reconnais au moins ? J'opère avec lui. »

Aussi fiévreux qu'elle, les mots se précipitent, s'entrechoquent au sortir de la bouche d'Emma. Personne n'y comprendrait rien sauf, bien sûr, un pusher. Costa enregistre chaque phrase, soupèse chaque mot, en suppute le sens précis. Corps aussi immobile qu'une roche, visage impassible, un bouddha, on dirait, si ce n'était des yeux froids.

Bouddha déplace lentement sa corpulence et s'appuie sur le mur. Le mur le soutient-il, ou est-ce le contraire ? Puis, Bouddha daigne parler.

La pose annonce un long discours parsemé de phrases sentencieuses, dogmatiques et pompeuses. Emma, qui jusqu'ici n'a entendu que les grognements de Costa, s'attend à subir une mélopée grave et rauque, toute de violence retenue, un énoncé du dieu tonnerre.

Elle est saisie. Les paroles coulent, légères, gracieuses comme le chant du merle, un matin de printemps. Une flûte de Pan ! Contraste renversant de la mine patibulaire et du mince filet de voix. Un aveugle croirait qu'une sirène susurre. Tout un phénomène que ce Costa.

« Tu es bien Emma, hein ? Écoute-moi, Emma. La piaule a été *bustée* hier soir. Par chance, j'ai eu le temps de jeter tout le stock par terre et les flics n'ont pas pu m'associer directement à la vente puisqu'on était plus de dix suspects dans la place. Faute de preuve, ils ont dû me relâcher. Mais ils ont cadenassé l'endroit, comme tu vois. Pour ne pas perdre sa clientèle, mon boss m'a remis quelques points ce matin… Pour les vendre à ceux qui se cogneraient contre la porte. Je le fais en attendant qu'il m'assigne un autre point de vente. J'ai de quoi, mais tu comprends que je peux pas t'en *fronter*. Mon boss me tuerait. On a trop perdu de stock, hier. »

Emma n'avait pas du tout envisagé qu'un *front* lui serait refusé. Un pusher d'héroïne sait qu'il lui faut requinquer ses clients de temps à autre. Les rendre capables de faire de l'argent, afin d'en profiter par la suite. Contrairement à un consommateur de coke, l'héroïnomane doit consommer tous les jours. Le dealer de smack ne prend donc guère de chance en avançant de la drogue : il sait que son client va revenir.

Mais voilà qu'un *bust* a eu lieu. Cela change totalement la donne, transforme complètement les choses. Il est inutile d'insister.

« Dis-moi ce que je dois faire. Je suis malade comme une chienne… »

En effet, elle tremble à présent, secouée de l'intérieur.

« Tu n'as qu'à quêter ici, sur la rue. Tu es certainement capable de ramasser vingt piastres.

– Mais il pleut à verse ! Y'a pas un chat en vue. Ceux qui passent le font en courant… Et puis… Je ne sais pas. »

Cependant, déjà résignée à demander l'aumône, elle s'éloigne, regarde à gauche et à droite.

« Je te retrouve ici, Costa ?
– Pourquoi je bougerais ? Ici, je suis à l'abri. »

Il sourit maintenant. Un sourire froid, légèrement ironique.

Emma préférait son impassibilité première. Elle éprouve une dernière hésitation, reluque l'imper à capuchon de Costa. Lui n'en a nul besoin pour l'instant. Mais elle se détourne sans un mot, se disant qu'elle ne va pas se risquer à subir un refus humiliant qui la découragerait d'affronter les autres refus à venir.

Des seaux de pluie lui tombent sur la tête. Elle ne voit le rare passant qu'en butant dessus. Alors, il la regarde, l'écoute à peine et, plus souvent qu'autrement, passe son chemin sans plus. Mais Emma est si mal en point qu'elle n'en ressent aucune gêne. Elle insiste, s'agrippe, s'humilie sans aucune pudeur. Seul le but compte.

Lorsqu'elle a ramassé quinze dollars, elle retourne vers Costa. Ne peut-il pas lui laisser le demi-point à ce prix ? Il refuse :

« Vingt piastres, c'est vingt piastres. Pas un sou en moins ! »

Emma reprend donc du service. Dans son dos, elle sent le regard du pusher. Et il l'observe comme on observe une petite bête se débattre entre les griffes d'un prédateur. Une humiliation absolue, puis une montée de rage qui redonne un tel élan à la jeune femme qu'elle parvient à soutirer cinq dollars au premier venu.

Costa lui remet une enveloppe cachetée. Du doigt, il lui désigne la pizzeria d'en face.

« Ils ont des toilettes parfaites pour l'injection. Privées et pas d'ultraviolet. Tiens, j'ai des seringues neuves. Encore emballées, comme tu vois. Je t'en donne une. Je t'attends ici pour t'indiquer mon prochain point de vente. Le boss vient d'appeler pour me le confirmer. Je suis désolé d'avoir dû te refuser, la p'tite, mais tu comprends… Allez, va te mettre en forme. »

Et il lui tapote gentiment l'épaule.

Un peu plus, Emma l'embrasserait ! Il est humain, après tout. Elle n'a pas à quêter l'argent pour acheter une seringue dans une pharmacie ou encore courir dans le bas de la ville pour s'en procurer une gratuitement au centre d'aide aux junkies Cactus. En plus, Costa lui a indiqué l'endroit où se faire son hit, ce qui parfois prend des heures à trouver.

Dans la pizzeria, seulement deux clients attablés près d'une fenêtre qui regardent tomber la pluie. Les toilettes sont au fond et la porte se verrouille. Des néons honnêtes les illuminent crûment. Une anomalie sur le Plateau où le junkie trouve difficilement un endroit où s'injecter. Plusieurs restaurateurs du quartier installent maintenant un éclairage violet qui empêche le drogué de bien voir ses veines. Une manière de protéger leur quiétude. Ailleurs, on doit demander la clef pour entrer. D'autres toilettes sont exclusivement à l'usage des clients.

Emma a du mal à sortir la cuiller de la poche de son jean collé à son corps par la pluie. Elle tremble, s'énerve, sanglote aussi. Elle réussit quand même à tout placer sur le bord de l'évier sans rien échapper. Reste l'enveloppe à ouvrir, ce qu'elle fait avec d'infinies précautions.

La poudre reluit, blanche, cristalline… quelque chose pourtant dans sa texture semble anormal. La drogue est trop épaisse, collante… L'humidité ?

Un froid dans la nuque. Emma crispe les poings. Se pourrait-il que… ?

Emma porte une pincée à sa bouche ; ses mains s'ouvrent puis agrippent l'évier avec force. Ce n'est pas de l'héroïne, c'est du sucre ! Elle s'est fait berner comme une débutante.

En un instant, elle comprend que le pusher héroïnomane, ayant perdu tout son stock, est devenu un junkie ordinaire qui a besoin lui aussi de vingt dollars pour acheter un demi-point. Il a donc imaginé ce scénario pour piéger la première poire venue. Son soulagement, il l'a volé à Emma. Chacun pour soi !

Emma sort en trombe du restaurant, court comme une folle jusqu'à l'encoignure de la porte qui, il y a peu, a abrité Costa. Bien sûr, il n'y est plus.

À partir de ce moment, Emma vit de plus en plus détachée d'elle-même, fort peu concernée par ce qui lui arrive. Une brume englue ses gestes, ses pensées, ses émotions. Son esprit se protège, atténue les souffrances, chloroforme le dépit, polit le pire, car ce qu'il subit s'avère trop intense pour être assumé totalement. Sans doute en est-il de même pour les soldats blessés dans une tranchée, quand le soir descend sur leurs douleurs et que la nuit ferme leurs yeux.

Mais Emma, elle, n'a pas encore perdu tout espoir. Il lui reste peut-être une chance de rattraper les morceaux de sa vie qui s'envolent et de réagencer le puzzle. Dans le but de s'éviter un long emprisonnement, un sevrage radical, la perte de Serge, et refusant de plier devant l'adversité, elle prend, dans un dernier sursaut de courage, le chemin du *Harem à Bob*. Un reste de foi aveugle, rétive à tout raisonnement, la pousse. Elle agit en automate, blindée à l'avance contre les échecs à venir.

Dans le métro, elle sourit pour elle-même. Sait-elle ce qui l'attend au bar du receleur ? L'accepte-t-elle déjà ? Peu importe. Dans un éclair de lucidité totale, elle vient de comprendre que Jean-Marie et elle ont été des marginaux utopistes, des anars, si on veut, et qu'elle a continué de l'être avec Serge. Le Milieu, que l'on dit marginal, ne l'est que par rapport à la société légale, mais lui aussi a ses règles, ses contraintes. Les lois diffèrent, c'est tout. Là aussi, il y a des rôles à jouer, des rangs à tenir. Bon, un Milieu moins routinier que le reste du monde organisé, puisque les imprévus y sont monnaie courante, mais pour tout le reste, c'est du pareil au même... avec quelques nuances sémantiques toutefois, puisque dans le monde l'usage de la force s'appelle crime, tandis que dans le Milieu c'est un moyen licite d'appliquer la loi.

Dans l'une et l'autre de ces sociétés qui composent la Société, si opposées soient-elles malgré leur forte ressemblance, Jean-Marie et Emma ont puisé les outils qui, croyaient-ils, les libéreraient de toute contrainte sociale. Ils voulaient vivre dans une autre dimension, un autre univers. Emma aspirait à la grandeur et à la pureté et s'était juré d'y parvenir.

13

Emma atteint le bar vers quinze heures, à demi résignée à trouver porte close. Certains établissements ouvrent assez tard et, avec cette malchance qui la poursuit… Elle a cependant l'heureuse surprise d'apercevoir la camionnette de Bob stationnée devant la porte.

Il lui faut maintenant se présenter. Elle passe la main dans ses longs cheveux mouillés pour les peigner. En pure perte, car rien ne peut améliorer sa mine lamentable. Emma le sait bien, qui a vu tout à l'heure le regard que lui jetaient les passants quand elle mendiait et, un peu plus tard, les utilisateurs du métro. Traverser la grande salle sous les yeux des clients et des danseuses lui apparaît soudain insupportable, comme si le brouillard qui lui cachait la réalité s'était à l'instant dissipé. Il revient vite cependant, et c'est la tête bien droite qu'elle fait son entrée.

Il lui semble que toutes les conversations s'arrêtent et que les têtes se tournent vers elle. Mais peut-elle se fier à sa vision brouillée ? Besseth n'est pas là. Peut-être doit-il se pointer plus tard, peut-être ne vient-il pas chaque jour. Un vendeur d'héroïne opérant à la même place et aux mêmes heures court de grands risques. Toujours est-il qu'Emma se dirige vers l'arrière-salle et que personne ne s'interpose. On doit la reconnaître.

La même table que l'autre jour et autour, Bob et sa garde. Aucun jeu de cartes en vue, cependant. Emma n'aura donc pas à attendre.

« Assieds-toi, Emma. »

Un coup d'œil suffit à Bob : sa victime est prête à tomber dans le piège. Il renvoie son monde, puis se cale un peu plus sur sa chaise, comme pour observer en tout confort sa proie avant de la dévorer.

« Qu'est-ce que je peux faire pour toi, Emma ?

– J'ai besoin de vingt dollars pour acheter du smack. J'voudrais aussi que tu m'introduises auprès de Besseth. Je suppose que tu dois rencontrer Speedy, aujourd'hui. Si c'est pas encore fait, laisse-moi t'accompagner au lieu de rencontre. C'est certain que lui va me prêter l'argent.

– J'ai déjà vu Speedy. Il a un nouveau comparse. Y pouvait pas t'attendre éternellement. Y'a besoin de quelqu'un pour l'aider. De toute façon, voler est au-dessus de tes forces. Pourquoi courir tant de risques ? Voyons ! Une belle fille comme toi… du moins si elle s'arrange un peu… »

Et de lancer un regard éloquent au triste accoutrement d'Emma. La jeune femme sait où il veut en venir et, abdiquant toute dignité, ne montre aucune répulsion.

« Besseth arrive dans moins d'une heure. J'vais te passer quarante piastres, mais faut que tu me les rembourses. Pas par du stock volé, mais en nature. J'vais te payer une chambre de motel où, pour un mois, tu seras, disons, ma petite amie. T'auras autant de drogue que tu veux. C'est ce qui compte pour vous autres, de toute façon. Au bout d'un mois, je te garde encore ou tu danses dans un de mes clubs. Je paie bien. Tu ferais une fichue belle danseuse. »

Le silence d'Emma équivaut à un consentement. Se frottant les mains de satisfaction – n'arrive-t-il pas toujours à ses fins –, Bob s'approche de la jeune femme et lui force les lèvres par un baiser.

Écœurement et nausée ! La bouche de Bob est un égout : une salive épaisse, une langue gluante comme la peau d'un ver et une haleine de rat après un repas d'immondices. Un trou dégoûtant, un orifice de cauchemar. Et s'il n'y avait que la bouche ! Mais tout Bob est un porc ! Emma sait qu'elle ne pourra jamais supporter d'autres attouchements de cet homme sordide. La drogue obtenue, il lui faudra fuir. Comment ? Elle y songe déjà.

Elle préfère ne pas penser que Bob la retrouvera sûrement. Il a des contacts et du fric. Rien de plus facile que de mettre la main sur le junkie qu'on recherche. De plus, Besseth, le vendeur de smack, ne sera-t-il pas, pour un temps du moins, le seul pourvoyeur d'Emma ? Celui qu'elle devra rencontrer chaque jour, un fournisseur lié à Bob. Mais elle ne veut pas tenir compte de ce fait. Trop négatif. N'est-ce pas ce qu'elle fait toujours ? Toute à son plan de fuite, elle n'écoute Bob que distraitement.

« Je retourne au bar. Toi, tu restes ici jusqu'à ce que Besseth arrive. Je te l'enverrai. Une fois le deal fait, je te ferai reconduire au motel par un de mes gars. Tu pourras y faire tes affaires et, surtout, prendre une douche. Je te rejoindrai plus tard. Si tu joues franc jeu, tu ne manqueras de rien. »

Emma promet tout ce que Bob veut mais sa décision est prise ; elle dormira ce soir dans les toilettes d'un garage peu fréquenté de la rue Jean-Talon et non dans un lit auprès de Bob. L'après-midi, elle se retrouve comme prévu dans une chambre du motel *Idéal* où « l'homme de Bob » l'a conduite, mais elle s'enfuit tout de suite après s'être injecté la moitié du stock que lui a laissé Bob. Le reste de drogue, elle le garde prudemment pour le lendemain. Et tant pis pour Bob, qui trouvera la chambre vide.

Il lui faudra se lever tôt, arriver à la Maison du Père avant l'ouverture des portes. Pas question d'être en manque et de rater Speedy à nouveau. Elle plaidera sa cause et il la reprendra, car elle est fiable et bonne voleuse. Et si, satisfait de son nouveau comparse, Speedy la repousse ? Eh bien, elle fera cavalier seul. Ce sera moins rentable, mais suffisant. Et elle s'arrangera pour se trouver un nouveau fournisseur de drogue.

Tout semble facile lorsque l'héroïne vous habite. Emma ne ressent plus aucune crainte. Coucher avec Bob ? Jamais ! Servir d'objet à un mâle abject lui soulève maintenant le cœur. Comment, même seulement en esprit, a-t-elle pu accepter ? Ce que lui a promis Bob, l'argent, les belles robes, un confort douillet, ne l'a jamais intéressée.

Emma dort assez bien dans ces toilettes d'un garage peu fréquenté qu'elle connaît pour y avoir logé avec Jean-Marie. Un local spacieux et relativement propre – même l'évier –, muni d'un bon verrou intérieur. Et pas de clef à demander. Ce n'est pas aussi confortable que chez Jos, mais, bon, on fait avec ce qu'on a. Des journaux ramassés dans le métro lui servent de matelas et une grande serviette volée chez Jean Coutu, de couverture.

Une nuit tranquille où aucun client du garage ne vient cogner à la porte. Une nuit écourtée cependant puisqu'il fait encore noir lorsque, au matin, elle entreprend une toilette sommaire avec savon, shampoing, brosse à dents et dentifrice, chipés eux aussi dans la célèbre pharmacie.

Avant de préparer son shoot, elle enfile un t-shirt, puis secoue vivement la tête pour que ses cheveux sèchent plus vite. Gestes mécaniques tandis qu'elle organise sa journée : retrouver Speedy, faire de l'argent, en apporter à Serge, trouver un autre dealer… D'abord, refaire le plein d'héro. Des mains qui tremblent, des veines contractées par le froid et qui fuient : peu s'en faut qu'elle rate son shoot.

Dehors, il pleut toujours, moins que la veille mais tout de même assez pour ternir l'enthousiasme d'Emma à l'aube d'un jour dont elle espère tant. Toutefois, le courage et la volonté peuvent remplacer l'enthousiasme, et la jeune femme en a encore à revendre, malgré cette ombre noire attachée à ses pas depuis les récents événements ; une ombre palpable, oppressante, qui menace à chaque instant d'engloutir ce qui lui reste d'humanité.

« Je vais toffer, qu'elle se dit. Je vais tenir le coup jusqu'à ce que ma dose de méthadone suffise à mes besoins. Après, ce sera plus facile. Ah oui ! Ne pas oublier d'aller quérir la fameuse prescription. »

Mais pour l'instant, l'essentiel est de rejoindre Speedy.

« Je n'ai pas d'argent, Monsieur. Mon chum m'a mis dehors. »

Compatissant, le contrôleur du métro la laisse passer. C'est vrai que, menue, et pour l'instant quand même assez propre, elle a l'air d'un angelot en quête de protection.

Station Berri-UQAM. Il ne pleut plus mais l'air est toujours aussi froid. Un temps énergisant qui vous fait marcher vite. Lorsqu'elle arrive à la Maison du Père, on y dort encore.

Emma grimpe l'escalier et s'accroupit contre la porte, comme l'une des fleurs de macadam croisée la veille.

Sept heures trente. Speedy est le premier à sortir. Paradoxalement, il paraît à la fois heureux et contrarié de la voir. Un grand gars blond, les yeux rivés au sol, l'accompagne. « Le fameux remplaçant », se dit Emma.

« Salut Emma ! Je te présente Jerry. Lui aussi crèche ici. Il fait équipe avec moi désormais. Désolé, je ne pouvais pas t'attendre. Le temps c'est de l'argent et l'argent… c'est le nerf de la guerre. Tu comprends, pas vrai ? »

Le même Speedy, la même verve, les mêmes patins qu'il est en train de chausser, un pied posé sur l'une des marches. L'eût-on permis qu'il les aurait gardés pour dormir.

Jerry, lui, se fend d'un timide sourire et ose à peine la regarder. On dirait qu'il n'a jamais vu de femme de sa vie, ou bien, pas depuis longtemps… Il semble perdu, apeuré… Parfois ses yeux jettent des lueurs admiratives en s'arrêtant aux arbres, à Emma, au ciel pourtant gris…

« Jerry sort de taule. Quatre ans. Il n'est pas trop à l'aise à l'air libre. J'peux pas le laisser tomber, tu comprends…

– Excuse-moi, Speedy, mais si tu m'laisses tomber, moi, je suis dans la merde… »

Pensif, le punk finit de lacer ses patins, étire bras et cou.

« Mais j'y pense, Emma… on pourrait faire équipe à trois. Y'a un endroit que j'veux me faire depuis des lustres mais ça prend un guetteur et deux opérateurs. C'est un gros coup, des ordinateurs portables… D'accord, Emma, tu viens avec nous. »

Sacré Speedy ! Jamais à court d'idées et toujours prêt à s'accommoder d'un pépin, à le transformer en avantage, même. Et quelle énergie ! De quoi éclabousser tout un chacun.

Soulagée, Emma ne lui parle pas de son problème avec Bob, qui, sûrement, doit être fou de rage. Pourquoi inquiéter celui qui vient de la reprendre ? Il sera toujours temps de prévenir le punk, après le vol, peut-être, mais pas avant. Alors Speedy pourra sans doute vendre le butin à Bob sans mentionner qu'Emma a participé à l'opération ou trouver une autre solution de génie de son cru.

Par contre, elle lui parle du coup de cochon de Costa qui a remplacé la came par du sucre.

« Le salaud ! » ne cesse de répéter Speedy. À son air, Emma devine qu'il classe l'événement dans un coin de sa mémoire pour l'en ressortir plus tard, avec maints détails additionnels de son invention.

Quant à Jerry, il écoute Emma, gueule ouverte, abasourdi.

« Au fait, Speedy, faudrait que j'aille chercher ma prescription au Cran avant qu'on parte en expédition. On a le temps, j'espère ?

– Oui, Mademoiselle. Et si on ne l'avait pas, on le prendrait. »

Ils avancent gaiement dans la rue, tout en causant. Jerry s'avère souple et accommodant, facile d'approche. Emma se sent escortée par deux charmants compagnons.

Elle a remis sa prescription à Johanne et a pris sa dose de méthadone alors que ses compagnons arpentaient le trottoir en face de la pharmacie. Pour l'heure, le trio attend impatiemment que les employés d'un édifice à bureaux de la rue Laurier désertent les lieux pour le lunch. Le butin espéré : des ordinateurs portables. Il est prévu qu'Emma entre avec Speedy pendant que Jerry s'occupera de trouver un taxi qui se pointera à l'heure convenue à l'entrée sud d'une ruelle repérée plus tôt.

« Ne tardez pas de plus de dix minutes. Sinon le chauffeur se méfiera.

– T'énerve pas ! Patiente, bonhomme ! Cool ! De toute manière, on est en avance de trois quarts d'heure. »

Une attente qui use les nerfs, mais ne semble pas affecter Speedy. Emma le regarde. Un drôle de gars que ce Speedy. Pas de logement, pas de char et toujours sans le sou alors que ses coups lui rapportent gros. Speedy l'insouciant aux poches percées. Son argent ? Speedy en utilise une partie pour sa drogue – il faut bien vivre – et donne le reste. Pourquoi amasser pour le lendemain ? Chaque jour ne doit-il pas se suffire à lui-même ?

Emma, qui est du même bois, pense à Jos et à Tatou chez qui elle espère retourner le soir même. Elle aura de l'argent, que pourrait-elle bien leur acheter pour leur faire plaisir ? Et Serge, dont le procès approche… elle pourra au moins adoucir son séjour en taule. Au fait : a-t-il rappelé chez Jos ? À deux pas, il y a une cabine téléphonique. Elle interrompt le monologue que Speedy offre à Jerry.

« As-tu vingt-cinq cents, Speedy ? Faut que je téléphone. »

Comme si, tôt le matin et avant son premier coup, il peut se trouver une telle somme dans la poche de Speedy. C'est Jerry qui lui tend timidement la pièce. De la cabine, elle peut voir Speedy gesticuler de plus belle à l'endroit de son nouvel auditeur. Après trois sonneries, la voix de Tatou lui parvient, mélodieuse.

« Bonjour Tatou, c'est Emma. J'ai retrouvé Speedy et je vais faire pas mal de fric aujourd'hui. Alors...

– Emma, mon Dieu... Je ne sais pas comment te l'annoncer...

– Quoi ! Qu'y a-t-il ?

– C'est Serge, Emma. Écoute-moi, reste calme. On a téléphoné de Bordeaux, il y a moins d'une heure. Il n'y avait que notre numéro dans le dossier de Serge. Il s'est suicidé hier soir, dans sa cellule. Il est mort, Emma. Je ne sais pas quoi te dire... Je suis désolée... Écoute, par contre, Jos a reçu un appel d'un de ses contacts et tout est OK pour nous autres. Alors, si tu viens, tu pourras avoir de quoi. On te l'offre. Ça va te calmer. Je t'en prie, viens-t'en tout de suite et surtout... ne fais pas de bêtises. Allô ? Emma ? Dis quelque chose... »

Tatou parle, parle... comme Speedy de l'autre côté de la rue. Mais plus un mot n'atteint la compréhension d'Emma. Elle raccroche avant que Tatou n'ait terminé et s'appuie au mur transparent de la cabine. Aucune douleur, pas une larme, pas la moindre émotion...

L'ombre qui l'enveloppe depuis hier s'alourdit de plus en plus, l'isole du monde et la protège maintenant de toute atteinte de l'extérieur. L'ombre l'avale.

Serge est mort. Un constat, rien de plus pour le moment. D'un pas à peine altéré, elle rejoint ses deux comparses. Elle ne leur dit rien et ils ne remarquent rien.

L'opération, si on ne tient pas compte de la fin, se passe à merveille. Emma est de marbre, impassible, mais efficace. Les deux grands sacs contenant chacun quatre portables neufs sont déjà dans le taxi qu'a nolisé Jerry lorsque les policiers se pointent. Speedy et sa complice détalent, les flics sur les talons. Course folle dans des ruelles, escalade de murs, franchissement de clôtures. Adrénaline au ventre et intestins broyés pour Speedy, purs réflexes pour Emma.

Ouf! Ils ont semé les flics. Accroupis derrière un container, ils les entendent souffler en s'éloignant. Les yeux de Speedy brillent d'excitation et de joie.

« Regarde, Emma, j'ai même pu garder l'ordinateur que j'avais caché dans ma veste. Mais dis donc : toi aussi… Félicitations ! Une fille faire ça, j'avais encore jamais vu ça. On n'a plus qu'à rejoindre Jerry. Ça va nous faire un paquet de fric. »

Emma n'écoute pas. Elle ne peut plus entendre. Déjà, il y a eu Prince, et à présent Serge.

Serge est mort !

Emma vient de toucher le fond.

Elle ne veut plus de cette vie de criminelle, pas plus que de celle qu'offre la Société des gens biens.

Elle ne veut plus rien.

Elle est brisée.

Elle tend l'ordinateur à Speedy et se dirige vers les limiers.

« Que fais-tu, Emma ? Tu es dingue ? Reviens…

– J'vais me livrer ! »

Le jeune homme a beau s'époumoner, Emma poursuit son chemin, court presque vers son destin.

14

Les flics ne courent plus, les recherches ont cessé. Leurs jurons de dépit, poussés par le vent, indiquent leur position. Si un chien suit les traces à l'odeur, Emma, elle, se guide aux voix. Quelques haies et un haut mur de briques à franchir. Une dizaine de mètres encore.

Elle titube. Chacun de ses pas pèse sur le sol, y laisse empreinte. Arrive le dernier détour. Trois autopatrouilles bloquent l'entrée de la ruelle. Debout, près du seul arbre de l'endroit, cinq agents gesticulent et parlent fort. Un sixième, le dos appuyé à l'un des véhicules, se tient le menton à deux mains :

« Où ont-ils bien pu passer ?

– On ne sait pas, chef ! On a bouclé le secteur mais, selon moi, c'est trop tard… Ils sont déjà loin.

– Ils étaient deux ?

– On pense. Selon les témoins, il s'agit d'un gars et d'une fille… assez jeunes… Mais, peut-être un complice attendait-il plus loin avec un véhicule…

– C'est probable. Une dizaine d'ordinateurs portables, à pied, ça ne se transporte pas facilement. Merde ! Vous les avez laissés s'enfuir, comme ça ! »

Et il claque des doigts.

À peine a-t-il fini son geste qu'un subalterne lui saisit le bras, indique du regard le fond de la ruelle :

« Chef ! Regardez ! »

Venant de l'impasse et surgie de l'ombre, une petite silhouette approche, les poignets tendus. C'est Emma. Elle pleure.

À travers ses larmes, elle entrevoit son public : des ménagères, campées sur les balcons arrière des immeubles, la tête entre les vêtements pendus aux cordes malgré la grisaille, des gamins assis en demi-cercle sur le ciment, les yeux posés sur les armes portées à la ceinture par les policiers, et, enfin, une dizaine de passants rangés le long de la clôture, amusés et curieux comme s'ils assistaient à une parade.

À la vue d'Emma, le silence s'installe, total. Satisfaction, gêne, pitié : tous ces sentiments gisent pêle-mêle au cœur de ceux qui la regardent venir. L'un risque un sourire d'encouragement, un autre montre le poing.

Les menottes claquent.

« Alors, on se rend, la belle ? »

Le flic qui vient de parler est jeune. Ils sont tous jeunes. Le plus âgé, nanti de bananes aux épaules, le responsable de l'opération sans doute, n'a pas plus de trente ans. Pour l'heure, il la détaille avec un suprême dédain.

« Où est ton complice ?

– Il est parti. Je n'ai pas voulu le suivre… C'est fini pour moi…

– Ben voyons… Tu vas pas m'dire que tu viens te livrer de ton plein gré ? Tu courais pas assez vite, pis il t'a laissée tomber. Ce serait pas plutôt ça, la vérité ? Comme t'étais coincée, t'as préféré revenir sur tes pas. Nous, ça nous convient, la belle. T'as qu'à dire le nom de ton complice ou de tes complices…

– J'ai rien à dire. Personne ne m'a laissée tomber… J'suis fatiguée… Juste fatiguée…

– Ben oui, ben oui… Tu seras peut-être plus bavarde au poste. Jean, emmène-la. Les autres, cessez les recherches, on rentre ! »

La main du flic l'oblige à se courber ; Emma monte dans la voiture de police.

La pluie tombe en fin rideau. Comme au théâtre, le spectacle est fini. Déçus, les enfants s'éloignent vers un ailleurs plus exaltant alors qu'aux balcons, les femmes s'empressent de rentrer le linge suspendu.

Emma étouffe dans le petit habitacle composé par le seul siège arrière de l'autopatrouille ; son horizon, si limité ces dernières années, est à présent complètement bouché par la vitre pare-balles qui la sépare des flics assis à l'avant. Elle ne fait déjà plus partie du monde, n'en fera plus partie pour de nombreuses années. Peut-être plus jamais.

Elle a échoué.

Elle n'a pas sauvé Prince, elle n'a pas sauvé Serge et elle s'est perdue elle-même quelque part, un jour, avec du feu plein la poitrine.

L'autopatrouille se met en marche alors qu'à l'horizon, une pâle lueur apparaît ; le ciel offre au monde une éclaircie.

AUTRES TITRES PARUS
DANS LA MÊME COLLECTION

Barcelo, François, *J'enterre mon lapin*
Barcelo, François, *Tant pis*
Borgognon, Alain, *Dérapages*
Borgognon, Alain, *L'explosion*
Boulanger, René, *Les feux de Yamachiche*
Breault, Nathalie, *Opus erotica*
Caron, Pierre, *Thérèse. La naissance d'une nation*
Cliff, Fabienne, *Kiki*
Cliff, Fabienne, *Le nid du Faucon*
Cliff, Fabienne, *Le royaume de mon père. T. I : Mademoiselle Marianne*
Cliff, Fabienne, *Le royaume de mon père. T. II : Miss Mary Ann Windsor*
Cliff, Fabienne, *Le royaume de mon père. T. III : Lady Belvédère*
Collectif, *Histoires d'écoles et de passions*
Côté, Jacques, *Les montagnes russes*
Côté, Reine-Aimée, *Les bruits* (Prix Robert-Cliche 2004)
Désautels, Michel, *La semaine prochaine, je veux mourir*
Désautels, Michel, *Smiley* (Prix Robert-Cliche 1998)
Dufresne, Lucie, *L'homme-ouragan*
Dupuis, Gilbert, *Les cendres de Correlieu*
Dupuis, Gilbert, *La chambre morte*
Dupuis, Gilbert, *L'étoile noire*
Dussault, Danielle, *Camille ou la fibre de l'amiante*
Fauteux, Nicolas, *Comment trouver l'emploi idéal*

Fauteux, Nicolas, *Trente-six petits cigares*
Fortin, Arlette, *C'est la faute au bonheur*
(Prix Robert-Cliche 2001)
Fournier, Roger, *Les miroirs de mes nuits*
Fournier, Roger, *Le stomboat*
Gagné, Suzanne, *Léna et la société des petits hommes*
Gagnon, Madeleine, *Lueur*
Gagnon, Madeleine, *Le vent majeur*
Gagnon, Marie, *Des étoiles jumelles*
Gagnon, Marie, *Les héroïnes de Montréal*
Gagnon, Marie, *Lettres de prison*
Gélinas, Marc F., *Chien vivant*
Gevrey, Chantal, *Immobile au centre de la danse*
(Prix Robert-Cliche 2000)
Gilbert-Dumas, Mylène, *Les dames de Beauchêne. T. I*
(Prix Robert-Cliche 2002)
Gilbert-Dumas, Mylène, *Les dames de Beauchêne. T. II*
Gilbert-Dumas, Mylène, *Les dames de Beauchêne. T. III*
Gill, Pauline, *La cordonnière*
Gill, Pauline, *La jeunesse de la cordonnière*
Gill, Pauline, *Le testament de la cordonnière*
Gill, Pauline, *Les fils de la cordonnière*
Gill, Pauline, *Et pourtant elle chantait*
Girard, André, *Chemin de traverse*
Girard, André, *Zone portuaire*
Grelet, Nadine, *La belle Angélique*
Grelet, Nadine, *Les chuchotements de l'espoir*
Grelet, Nadine, *La fille du Cardinal*
Gulliver, Lili, *Confidences d'une entremetteuse*
Gulliver, Lili, *L'univers Gulliver 1. Paris*
Gulliver, Lili, *L'univers Gulliver 2. La Grèce*
Gulliver, Lili, *L'univers Gulliver 3. Bangkok, chaud et humide*
Gulliver, Lili, *L'univers Gulliver 4. L'Australie sans dessous dessus*
Hébert, Jacques, *La comtesse de Merlin*
Hétu, Richard, *La route de l'Ouest*

Jobin, François, *Une vie de toutes pièces*
Lacombe, Diane, *La châtelaine de Mallaig*
Lacombe, Diane, *L'Hermine de Mallaig*
Lacombe, Diane, *Sorcha de Mallaig*
Laferrière, Dany, *Cette grenade dans la main du jeune Nègre est-elle une arme ou un fruit?*
Laferrière, Dany, *Le goût des jeunes filles*
Lalancette, Guy, *Il ne faudra pas tuer Madeleine encore une fois*
Lalancette, Guy, *Les yeux du père*
Lamothe, Raymonde, *L'ange tatoué* (Prix Robert-Cliche 1997)
Lamoureux, Henri, *Journées d'hiver*
Lamoureux, Henri, *Le passé intérieur*
Lamoureux, Henri, *Squeegee*
Landry, Pierre, *Prescriptions*
Lapointe, Dominic, *Les ruses du poursuivant*
Lavigne, Nicole, *Les noces rouges*
Maxime, Lili, *Éther et musc*
Messier, Claude, *Confessions d'un paquet d'os*
Moreau, Guy, *L'Amour Mallarmé* (Prix Robert-Cliche 1999)
Nicol, Patrick, *Paul Martin est un homme mort*
Racine, Marcelle, *Éva Bouchard. La légende de Maria Chapdelaine*
Robitaille, Marc, *Des histoires d'hiver, avec des rues, des écoles et du hockey*
Roy, Danielle, *Un cœur farouche* (Prix Robert-Cliche 1996)
Saint-Cyr, Romain, *L'impératrice d'Irlande*
St-Amour, Geneviève, *Passions tropicales*
Tremblay, Allan, *Casino*
Tremblay, Françoise, *L'office des ténèbres*
Turchet, Philippe, *Les êtres rares*
Vaillancourt, Isabel, *Les mauvaises fréquentations*
Vignes, François, *Les compagnons du Verre à Soif*
Villeneuve, Marie-Paule, *Les demoiselles aux allumettes*
Villeneuve, Marie-Paule, *L'enfant cigarier*

CET OUVRAGE
COMPOSÉ EN GARAMOND CORPS 14 SUR 16
A ÉTÉ ACHEVÉ D'IMPRIMER
LE TREIZE OCTOBRE DEUX MILLE CINQ
SUR LES PRESSES DE TRANSCONTINENTAL
POUR LE COMPTE
DE VLB ÉDITEUR.

IMPRIMÉ AU QUÉBEC (CANADA)